LA FILLE DU TROISIÈME

DU MÊME AUTEUR

Galápagos, Galápagos, Stock, 1979
Frère, Two Cities, 1984,
La Reine de Barcelone, Albin Michel, 1990
Ma mère, celle qui m'a tout donné et tout pris, Christian de Bartillat, 1993
Le Ravin de la femme sauvage, Julliard, 1999
Au premier sang, Julliard, 2000
Si toi aussi (sous le pseudonyme d'Angela Forrest), Julliard, 2002
Dies irae, Julliard, 2005
Marguerite, Françoise et moi, Julliard, 2009
L'Âme des soleils noirs, Julliard, 2010
Villa Bianca, Julliard, 2012
Ma voisine a disparu, Julliard, 2013
Voyage en Suède, Julliard, 2015
Trois amours de ma jeunesse, Julliard, 2017

DANIÈLE SAINT-BOIS

LA FILLE DU TROISIÈME

roman

Julliard

Ouvrage publié sous la direction
de Betty Mialet

ISBN 978-2-260-05324-8
Dépôt légal : octobre 2019

À Yvette, ma compagne

« Elle est debout sur mes paupières
Et ses cheveux sont dans les miens,
Elle a la forme de mes mains,
Elle a la couleur de mes yeux,
Elle s'engloutit dans mon ombre,
Comme une pierre sur le ciel. »

PAUL ÉLUARD, « L'amoureuse »,
Capitale de la douleur

2018. Juin, juillet, août, septembre…

1.

Ceux du premier, gauche, ont apporté des frites, des vraies, c'est ce qu'ils ont prétendu, faites dans des friteuses ou des poêles profondes, avec des pommes de terre fraîches, pas n'importe lesquelles, des spéciales frites, et pas n'importe quelles spéciales frites, des bintjes du Nord, les seules convenant à leur préparation. En cela je suis d'accord avec eux et avec Adèle qui sur ce point est d'accord avec sa mère. Le problème, avec les frites, c'est qu'il faut les déguster immédiatement sorties du bain. Deuxième ou troisième. Oui, les puristes font cuire trois fois, c'est simple et rapide, on cuit quelques minutes, on égoutte, on replonge, on égoutte encore avant une dernière plongée et là, les frites sont légères, croustillantes et d'une saveur incomparable. Attention à ne pas laisser brunir. Malheureusement, le jour de la fête des voisins, les frites étaient un peu cramées et ramollissaient à vue d'œil. C'était pitié de voir ça et tant d'autres choses. Des morveux qui baladaient leurs pattes sales dans les ramequins d'olives, de bretzels et de machins soufflés. La plupart des participants en étaient encore à siroter le punch confectionné par Bella. Avec du rhum blanc de la Jamaïque. Je suis comme Adèle, je n'aime pas le rhum. C'est bizarre à quel point je suis comme Adèle… Mais j'aime Bella. J'aime sa peau cuivrée, ses yeux malicieux et même ses bourrelets. Elle en a trois. Je ne comprends pas pourquoi les plantureuses comme Bella portent des T-shirts qui facilitent le comptage de leurs avantages adipeux. Bella n'est plus toute jeune mais elle a encore la chair ferme. Regarder ses bras ne me met pas en transe comme le font ces réserves de cellulite gélatineuse qui, passé la soixantaine, se balancent pour donner de l'air aux aisselles. Les bourrelets de Bella sont en or massif comme ses anneaux d'oreilles, comme son cœur. Et si je me trompais ? Si Bella était un monstre déguisé en bienfaitrice de l'humanité de notre immeuble sans histoires ? J'éclate de rire. Toute seule avec un bout de gras de saucisson coincé entre deux incisives. C'est gênant. Je tente l'impossible extraction avec ma langue. Faudra mettre les doigts. Je parcours des yeux les tables recouvertes de nappes en papier, dans l'espoir d'y repérer des piques puisqu'il y a des olives. Je ne sais pas pourquoi (la blancheur des nappes sans doute), je revois Bella dans sa tenue de cérémonie, héritée de sa grand-mère, blanche avec des broderies et des volants festonnés. Elle la met quelquefois pour parler aux intercesseurs, c'est ce qu'elle dit, c'est son histoire. Les intercesseurs, ce sont des intermédiaires entre elle et le divin. Faut pas rigoler avec ça. Quand elle dit : *C'est le vodou !* ne surtout pas esquisser ne serait-ce que le début d'un sourire.

Le soir, souvent, quand je rentre chez moi, je m'arrête chez Bella, elle boit son rhum, je la regarde, j'aime la regarder, j'aime sa voix, j'aime ses éclats de rire (et les histoires horribles de son pays) et même ses questions indiscrètes et ses commentaires à faire rougir un steak de bœuf.

Les voisins du deuxième ont apporté une énorme paëlla aux fruits de mer, toute fumante. Je n'aime pas le safran. Je n'aime pas les moules des paëllas, ni les crevettes, ni les rondelles d'encornet, ni le poisson bouilli indéfinissable ; en fait je n'aime ni la paëlla ni les frites molles. À propos du safran, je serais étonnée que cette paëlla en contienne un microgramme. Trois stigmates par crocus à trente mille euros le kilo, laissons cela aux étoilés. Les voisins des voisins du deuxième ne sont pas descendus. Je ne connais pas ceux du troisième. La famille Rantanplan. Ni leur voisine de droite. Ils s'appellent Remplan. C'est sur la boîte aux lettres, Gilles, Aline, Victor et Zoé, maintenant on met le nom des enfants sur les boîtes aux lettres, des fois qu'ils recevraient un courrier de ministre, comme dit ma grand-mère. Pour les parents actuels, l'égalité commence par la représentation sociale de l'enfant en tant qu'individu, son nom doit donc impérativement apparaître sur la boîte aux lettres, car l'enfant, qui n'en a pas la moindre idée, est un citoyen à part entière. Il perçoit des aides, vu qu'il ne peut pas travailler avant l'âge de sept, huit ans, pour subvenir aux besoins de sa famille, pour ses cantines, ses rentrées scolaires, ses vacances et son petit Noël. Et accessoirement pour changer l'écran plat et payer les clopes de papa. Pour la cheftaine de la Manif pour tous qu'on ne présente plus, il est, dès sa conception, le fer de lance des combats intégristes, de même pour Marie Lou Boutin, ex-évangéliste de l'Assemblée nationale. Le soir, j'entends parfois les gosses brailler. On ne se croise jamais (je suis au premier, donc je prends toujours l'escalier, j'ai besoin d'entraînement), et si ça arrive, on ne sait pas qui on est. On peut faire des suppositions.

Bella me demande souvent, un peu comme si elle avait perdu la boule, si je connais la fille du troisième, la voisine des Rantanplan, celle qui occupe le logement de droite, avec, chaque fois, des sous-entendus qui m'interpellent. J'ai beau lui dire que je ne la connais pas, elle insiste : « C'est dommage. » Voilà ce qu'elle a dit pas plus tard qu'avant-hier. Puis elle a ajouté : « Elle travaille dans le cinéma. Elle vient à la fête des voisins. » Bella sait tout sur tout le monde. Je ne sais pas si tout le monde sait tout sur chacun. En tout cas, moi, je ne sais rien, un comble pour un flic de mon envergure ! et j'imagine que seule Bella sait que je travaille dans la police. Ça la fait rire de son grand rire qui saute dans ma tête comme une cascade fraîche. Je lui ai demandé pourquoi elle riait, ce qu'il y avait de marrant dans le fait que je sois policière. Car c'est un fait, c'est ce que je suis. C'est flagrant sur ma feuille de paye. « Non mais tu t'es vue, gringalette ! T'y fais quoi dans la police ? » Pas grand-chose pour le moment, c'est vrai Bella, j'enquête souvent le cul sur une chaise, le bigophone collé à l'oreille, je contrôle, je vérifie, j'appelle le juge, l'antiterrorisme et l'antigang, le substitut, je prends une déposition, j'ai envie de foutre des claques à tous les merdeux qui défilent, le haut du jean à mi-cuisses, je vais parfois sur le terrain calmer un mari violent, rassurer une mamie qui entend des bruits. Ne pas sous-estimer la mamie qui entend des bruits, je l'ai dit au capitaine, il suffit de consulter la littérature policière : souvent les mémés qui entendent des bruits suspects finissent un mois plus tard dans une mare de sang. On voit ça tous les jours, en vrai, pas seulement chez Maigret. Idem pour ces femmes harcelées qui font des mains courantes contre les baladeuses ou les cogneuses et qu'on renvoie dans leur misère avec trois mots de compassion. Je l'ai dit au capitaine, on ne peut pas sous-estimer... il m'a envoyée bouler. Il le sait qu'un jour on retrouvera l'une de ces plaignantes récidivistes lardée de coups de couteau. En tout cas, moi, je reviendrai sur le terrain quand je ne tournerai pas de l'œil devant une hémorragie nasale. Il est noir le capitaine et il se prend pour Luther, le héros charismatique de la série british du même nom. Je ne dis pas *éponyme*, ça m'énerve, *éponyme* ! Ceux qui emploient éponyme veulent faire les malins. Ils font croire qu'ils connaissent un tas de mots aussi extravagants que *procrastination*, *akinésie* ou *sérendipité*. Le capitaine attend son grand jour, son grand jeu, son grand criminel, son tueur d'Halloween. Une torgnole qui tourne mal, un viol par-ci par-là, 100 grammes de *hakik*, et même 10 kilos de coke, un dealer explosé au bazooka, non ça ne fera pas chavirer son destin.

Depuis qu'Idris Elba, l'acteur qui joue Luther, a été désigné l'homme le plus sexy du monde pour l'année 2018, il ne se tient plus. C'est vrai qu'il lui ressemble un peu… mais je ne peux pas être objective, j'aime pas les mecs. « T'as une arme ? Pour chasser les mouches ? » Bella aime me taquiner. Ça m'est égal, mais je n'aime pas trop quand elle s'intéresse à ma VPA. Vie privée amoureuse. Elle sait que ça m'indispose, pourtant elle ne peut s'empêcher de revenir à la charge à la moindre occasion. Un autre sujet d'étonnement pour Bella : mes parents. Je n'en parle jamais. Elle n'a pas vu l'ombre de leur ombre, elle en arrive à douter de leur existence. « T'es pas orpheline, au moins, ma puce ? Tu sais que tu peux me le dire. T'es peut-être pupille de la nation, c'est pas un déshonneur ! Et c'est pour ça que t'es dans la police ! C'est quoi au juste, ton grade ? *Grade*-papier ? » On se marre bien et c'est fou ce qu'elle me fait du bien, ma grosse Bella. Elle arrive même parfois à me faire avaler un petit verre de rhum.

La voisine des Rantanplan… je ne sais pas si elle est là, vu que je ne la connais pas. Il y a pas mal de monde maintenant, dans la petite cour, des têtes que je reconnais plus ou moins, pour les avoir croisées dans le secteur. J'ai la mémoire des visages, ce qui m'échappe totalement, c'est la couleur des yeux. Hormis ceux qui me glacent la cervelle, genre ceux d'Emmanuelle Béart ou de Charlotte Rampling, des yeux transparents qui, soit vous foutent à poil, soit vous ignorent. Je n'ai pas davantage le souvenir des vêtements. Dix minutes après les avoir rencontrés, je suis incapable de dire comment étaient vêtus les gens avec qui j'ai discuté un moment.

Des occupants d'immeubles voisins sont arrivés, jeunes avec leur marmaille, vieux avec leur antimite. Ils ont apporté des bouteilles, des verres, des chips ; les sympathisants du bio ont essayé de camoufler leur militance participative, graines de courge et chips de betterave, au milieu des pâtés en croûte Carrefour et des rondelles de Cochonou.

J'entends le rire de Bella qui traverse les épidermes comme des frissons brûlants. C'est une gentille fête des voisins. Je ne sais même pas qui en a pris l'initiative, peut-être Bella avec sans doute les demoiselles du quatrième. Quand Bella a dit « Les gouines du quatrième se sont occupées des invitations », elle ne sait pas combien elle m'a mise en rogne. Mon sang n'a fait qu'un tour et demi. J'ai pensé à Adèle et Delphine. J'ai cru que mon cœur allait exploser. « Ça va pas ? » m'a alors demandé Bella avant d'enquiller un troisième fond de verre de rhum. Un fond de verre, plus un fond de verre, plus un fond de verre. Ses yeux étaient vitreux et son rire au ralenti. Non, ça n'allait pas. Oh et puis zut, je n'allais pas faire la leçon à Bella ! Elle a dit « les gouines » comme elle dit : « Tu sais, le vieux pédé du rayon vaisselle du Market », qu'elle adore. Le pédé, pas le Market.

Bella me lance des œillades appuyées alors qu'elle s'entretient avec un monsieur bien tranquille qui mâchouille une pipe éteinte. Elle fait de petits mouvements de la tête mais ses yeux n'arrêtent pas de lorgner vers la droite. Je comprends qu'il se passe quelque chose. Je ne suis pas flic pour rien ! Alerte ! Suspect en approche. Mais je ne vois rien. Bella semble possédée. Il ne lui manque que sa tenue *vodou*, avec un *o* comme *dodo*, que sa grand-mère lui a léguée. Elle m'a montré des photos et une vidéo de sa grand-mère, lors d'une cérémonie dans un village au sud des Gonaïves. Quelle épouvante ! Bella tourne la tête dans l'autre sens, elle grimace, fait rouler en tous sens les grosses billes noires de ses orbites, enfin elle me rejoint, après avoir orienté le vieux monsieur vers le buffet encore garni, elle me pince le bras.

« Là, là, dit-elle, tu la vois, c'est elle, la fille du troisième. »

2.

Quand j'aime, je n'ai plus du tout le sens de l'humour. Fini le gras de Cochonou entre les dents.

Qui dit que j'aime ?

Pas encore. Ah non alors, ce n'est pas le moment. Pieds et poings liés. Louise, ma commissaire ardente, ne peut plus se passer de moi. Et je finis par prendre goût au rythme effréné qu'elle impose à nos corps à corps. Louise, elle veut rattraper le temps perdu, aller de plus en plus loin et vite avec moi, me posséder jusqu'à la folie. On se retrouve dans un hôtel. On fait l'amour, on dort, on refait l'amour, elle m'épuise, elle n'en a jamais assez, elle part en mission, parfois, ou en vacances, elle revient, elle m'appelle, on fait l'amour, elle repart, ça ne doit pas se savoir, madame la commissaire est à cheval, quand ce n'est sur moi, sur la déontologie et les principes. Pas de *coming out* en vue, ni pour moi ni pour elle. Sa carrière, son mari, ses enfants, les collègues, l'avancement, le placard, tout est contre nous. Personne ne doit savoir, tu es bien d'accord ? Si je n'étais pas ton chef, ce serait différent, tu comprends ? Je comprends. Je comprends que je n'aime pas Louise au point de ne penser qu'à elle, de vouloir crier au monde entier que nous sommes ensemble. De vouloir être auprès d'elle jour et nuit, été, automne, hiver. Tiens, j'oublie le printemps. Peut-être tout simplement parce qu'aimer Louise ne me fait pas souffrir. Ni espérer, ni pleurer. Crier de plaisir, oui. On fait l'amour partout, parfois chez elle, dans les vestiaires, dans la bagnole, ça lui va, ça me va. On ne se promet rien, on ne s'aime pas. On s'aime. L'amour avec Louise, c'est plus que le millième ciel, nous pulsons au même rythme, jouissons au même moment. C'est l'étourdissement au bord de la mort. C'est ça, alors ? C'est ça, le bonheur ? Je ne sais pas. Adèle et Delphine, mes deux mères, ne m'ont jamais parlé de leur bonheur.

« Viens, dit Bella je vais te la présenter. » Je suis réticente, je freine comme je peux, je ne comprends pas l'insistance de Bella ou je ne la comprends que trop bien, *elle sait*. Elle m'a percée à jour et elle croit que je pourris sur pied, de solitude, de noyade vaginale solitaire. Elle ne m'a pas demandé si je connaissais son neveu célibataire qui vient parfois la voir et dont la photo trône sur un napperon blanc, mais « la fille » du troisième, droite. Elle sait sans savoir. Sans preuve. Je m'aperçois dans un vitrage glauque qui donne sur une arrière-cour. J'ai une drôle de tête toute pâlichonne, les cheveux en vrac, l'œil enfiévré. Est-ce que ça se voit, comme ça ? Est-ce que j'en ai l'air ? Si oui, Adèle et Delphine le savent aussi ? Non, ça non, ça, ce n'est pas possible. Et le capitaine ? Et tous les gens de l'immeuble, et ma grand-mère, et le connard en face de moi qui me nargue en se malaxant l'entrejambe... non pas à la fête des voisins, au boulot, entre les murs pourris du commissariat. Alors que je finis par céder à la poigne de Bella, elle stoppe net son effort. Non, finalement, c'est pas une bonne idée. Je regarde ce qu'elle regarde. La fille du troisième droite est dans les bras d'un homme qui est arrivé dans son dos, il la tient serrée contre lui, il l'embrasse dans le cou, elle sourit. Puis il se jette sur les frites. Il est mort de faim. Et moi, voilà, je suis rentrée dans les yeux de la fille du troisième gauche, non, droite. Elle m'a engloutie, je suis prisonnière. Merde. Mon portable sonne. Gauche, droite, je ne sais même plus de quel côté me tourner. Mon portable. Je dois y aller. Bella me prend dans ses bras. « Elle est bonne celle-là, tu vois, j'aurais juré que c'était une fille pour toi ! Ah Bella, Bella (elle se parle), tu as perdu ton flair. Mais ne fais pas cette tête ! (Elle me parle.) Je ne t'apprends quand même pas que t'es homo, ma chérie ? » Boum. Prends ça sur la tronche. Ah ! la délicatesse de Bella. Je vais m'évanouir. Je m'accroche au bras de Bella. Elle voit bien que je vais tomber dans les pommes. Elle attribue mon malaise à une trop grande déception.

« Faut que j'y aille.

— Mais non chérie, pourquoi ? Reste, c'est peut-être pas ce qu'on croit ! »

Mais qu'est-ce qu'on croit ? Moi je ne crois rien, je ne demande rien, j'ai tout ce qu'il me faut, ma commissaire… m'est dévouée corps et âme, c'est comme ça, c'est ma vie.

« Faut que j'y aille. » Je n'arrive pas à dire quelque chose de plus original. Bella m'a tellement stupéfiée que je n'ose même plus la regarder dans les yeux ni laisser mon regard s'attarder sur ses poignées d'amour.

« Je croyais que tu ne travaillais pas aujourd'hui. Tu n'as rien mangé. J'avais préparé… »

Je ne sais pas ce que j'ai dans la gorge, comme un tampon d'ouate ; mon portable sonne encore, pas moyen de l'extraire de la poche de mon jean. La fille du troisième droite est toujours dans les bras du garçon trapu, mais cette fois ils sont face à face. Ils sont étreints. Il est plus petit qu'elle, je vois son dos râblé, les muscles qui apparaissent sous la chemise, et je vois son visage à elle, ses yeux qui me regardent. Qui me regardent m'épuiser à batailler avec la poche de mon jean, qui me regardent gagner enfin le combat, qui me regardent répondre, qui me regardent la regarder pendant que l'autre imbécile lui mordille l'oreille. Je rêve ou elle me sourit ? Non, ce n'est pas ça, c'est l'autre qui mordille, ça chatouille. Non ? Il ne mordille plus, il l'éloigne de lui, à bout de bras, il l'admire, il la rapproche, l'embrasse sur les deux joues, elle me regarde, je dois y aller, je ne peux pas… est-ce que mes yeux savent sourire ? Parce que sinon c'est foutu, à cause du gras du Cochonou, est-ce que j'ai la joie perpétuelle dans les yeux, cette malice… qui brille dans les siens ? Je dois y aller. Faut que j'y aille. Les mots embarrassés de ceux qui ne savent comment se dépêtrer d'une situation compliquée. Aller où, pourquoi ? On ne saura pas. Y aller. La formule est magique. Elle fonctionne en maintes circonstances et dispense de toute explication.

3.

J'ai supplié Louise de me sortir de ce bureau pisseux et poisseux, je veux retourner sur le terrain ; elle a cédé malgré l'opposition de Luther qui ne veut pas de moi dans ses pattes. J'ai besoin d'action, je dois urgemment oublier les yeux de la fille du troisième qui me suivent partout. Bon, je suis incapable de dire leur couleur mais je les vois et je vois ses mains, je la vois et je ne la vois plus, elle m'échappe et s'incruste, j'essaie de l'oublier, elle n'est rien, elle n'existe pas, mais je sais que c'est elle, que je la veux, qu'elle va m'épouser, qu'elle voudra un enfant, qu'on ira en Belgique ou en Espagne, dans quel pétrin je me suis mise ? J'ai imaginé mille stratagèmes pour aller toquer à sa porte. Police, ouvrez ! Elle dira : Vous êtes seule ? Ce n'est pas normal, les flics vont par deux. Ouais, c'est ça, comme Louise et moi, mais maintenant on ira par deux vous et moi. Je lui dis *vous,* c'est tellement plus sensuel, je vous aime, je vous aime, je ne sais pas pourquoi, vous êtes peut-être une hétéro indélébile, un vampire, une sacrée putain d'égoïste, une prétentieuse ; pour le savoir, j'ai pris deux fois par jour l'ascenseur jusqu'au troisième et dix fois l'escalier, j'ai écouté à votre porte, rien, si… non… mais si, un chat, il a gratté à la porte, il a miaulé, j'ai dévalé les marches quatre à quatre, votre chat est abandonné, tout seul avec les Rantanplan à côté qui se moquent bien de sa solitude de chat, vous abandonnez votre chat, vous n'êtes jamais là. Qui êtes-vous ? Où êtes-vous ? Il me suffirait d'aller voir Bella pour en savoir plus sur vous, pour tout savoir puisqu'elle a déjà écrit notre romance, distribué les rôles, elle n'a pas prévu le personnage du petit trapu, à la fête des voisins, elle s'est trouvée stupide lorsqu'elle vous a vue dans ses bras. Je lui en veux. Avec ses manœuvres de marieuse à la petite semaine, elle a saccagé mon univers, pas le vôtre, non, le vôtre pas encore, mais le mien, oui, massacré, et demain celui de Louise, je le sais, c'est écrit.

Je me décide, je frappe chez Bella, on a un code, si je déroge à la règle, elle n'ouvre pas.

La première chose qu'elle fait en me voyant : ricaner.

« Tu en as mis du temps ! Trois semaines… »

Vous trouvez normal, vous, d'être accueillie par une telle phrase ? Bella n'aurait-elle pas dû déclarer : Il y a longtemps que tu n'es pas venue, mon chou, comment ça va ? Qu'est-ce que tu deviens ? Et ton boulot, pas trop dur ? Non, elle dit : Tu en as mis du temps, ce qui signifie : Tu te décides enfin à venir me demander des renseignements sur « elle ».

« Je suis crevée, je sors la nuit. Pour le boulot, Bella ! (Elle a son sourire narquois.) Je dors le jour.

— Hum, hum ! Tu as pris du galon, hum, hum… Alors tu ne veux pas savoir où elle est, comment elle s'appelle ? Tu ne veux pas que je te dise son nom ?

— Le nom de qui ?

— De la fille du troisième.

— Pourquoi ? Qu'est-ce que j'en ai à foutre du nom de la fille du troisième ! Si ça m'avait intéressée, je le saurais, son nom ! Écoute, Bella, j'ai déjà quelqu'un !

— Ah, dit Bella, c'est pas de veine pour elle, elle n'a personne, en ce moment, enfin, il me semble, ou alors elle cache bien son jeu, hum, hum, le type qu'on a vu, c'est son frère. Je le sais parce que… elle m'a demandé si je pouvais aller nourrir son chat en son absence, alors on a parlé… on a même parlé de toi.

Son frère ! Il était bien collant !

— Je m'en fous, Bella, je m'en fous ! »

Mais c'est faux, je ne m'en fous pas ! Je renverse ma chaise, je fuis. Ce qu'elle m'énerve cette grosse native des Gonaïves. Je suis à vif. Je monte en courant les deux étages qui me séparent d'« elle ». La main en l'air, je m'apprête à frapper. Comme chez Bella. Le code marche peut-être chez elle aussi. Je le fais, c'est tout sauf raisonnable ; puisqu'elle a demandé à Bella de s'occuper du chat, c'est qu'elle n'est pas là, ça me dépasse, si elle ouvre, j'inventerai quelque chose, le cœur me cogne dans les oreilles, dans le nez, dans le front, je suis folle. Aucun bruit. Personne. Le chat doit dormir. Je reprends l'escalier, zut l'ampoule a claqué, je sors ma torche, elle n'éclaire pas comme celles qu'on voit dans les films, vous savez celles que les flics tiennent comme des clairons devant leur nez. Je me retrouve dans le hall d'entrée, devant les boîtes aux lettres. Dans le noir. J'éclaire les étiquettes. Bella Alexis…, c'est beau Bella Alexis, Rantanplan, monsieur, madame, progéniture, Dupont comme c'est original, Durand, c'est une blague ? Ducon c'est moi. Logiquement, « elle » côtoie les Rantanplan. Mais y a-t-il une logique dans la disposition des boîtes aux lettres ? Là, ce doit être elle. Je ne vois rien. C'est à moitié effacé. Tant mieux, je ne veux pas le connaître, son nom. Mon téléphone couine. C'est Louise. Un mot sur l'écran : *Viens*. Je ferme les yeux, je crois que… non, je crois que je ne peux pas. Je peux. Louise m'attend dans sa voiture. Je ne sais pas où on va. On roule en silence. Louise est si belle. Trop belle pour ce métier, pour ces porcs qui l'entourent, je vois leurs regards sur elle, leur concupiscence. Si je l'aimais, ça me rendrait dingue, je ne dis pas que ça ne me fait rien, ça m'agace parfois, je voudrais qu'ils sachent tous que Louise est à moi, je voudrais vouloir ça, tout le temps, non qu'elle soit à moi mais qu'ils le sachent tous qu'elle est à moi.

« Je sais que tu me quitteras, dit-elle sans me regarder, d'ailleurs je sens que tu m'as déjà quittée.

— Mais qu'est-ce que tu racontes ?

— Il y a quelqu'un d'autre, tu as changé. Comment elle s'appelle ? »

Je ne sais pas. Et si je le savais, je me garderais bien de te le dire.

Je hausse les épaules.

On arrive devant une petite maison en rase campagne. On descend. Louise me pousse devant elle. Avance.

Elle sort une clé de son sac, ouvre la porte. Avance. Encore une porte. Avance. Elle me jette sur le lit.

« Comment elle s'appelle ?

— Elle ne s'appelle pas, elle n'existe pas !

— Si tu me quittes…

— Louise, on n'avait pas dit qu'il y aurait des "si" ! ou plutôt on avait dit qu'il n'y aurait jamais de si, de menaces, de chantage. »

Elle sourit. On se déshabille. Je suis éblouie, je voudrais parler ou juste la regarder mais Louise est enragée, affamée, elle me cloue le bec et s'enfonce dans ma gorge, dans mon sexe, en quête de quoi, elle cherche, elle fouille, elle ne trouve pas ce qu'elle cherche, cette vérité qui lui échappe, la reddition totale de sa proie.

Le téléphone de Louise sonne sur la table de nuit, elle s'en empare à tâtons – c'est Gabriel ! – tout en continuant à me pénétrer de la main gauche. Putain ce que je t'aime ! Elle arrache ses doigts de mon vagin si brutalement que je hurle de plaisir et de frustration. « Je dois y aller. » Elle a sorti l'arme fatale contre laquelle on ne peut rien, Louise, reviens ! je veux la garder en moi, je l'aimais, là, j'avais occulté la fille du troisième, que je vais oublier, c'est sûr ! Louise, Louise, ne pars pas !

« Il faut vraiment qu'on y aille ! »

On. Moi aussi bien sûr, elle ne va pas me laisser dans ce lieu inconnu. Je m'accroche à sa taille, non, on n'a pas fini, mais Louise me repousse, sûre d'elle,

elle croit qu'elle me tient, elle se rhabille, replace son arme dans son étui, sans me quitter des yeux. Habille-toi, faut y aller. Je me jette sur elle, je la bouscule, je la couche, je la touche, je la mange, je la lèche, Il n'y a personne, Louise, il n'y a que toi. Louise pleure. Elle retire son revolver de l'étui, elle le pointe sur mon front, elle dit juste : Si tu me quittes… si tu me mens…

Je ne mens pas. C'est la vérité, il n'y a que Louise.

Il y a aussi ce revolver au centre de mon front.

Louise me ramène chez moi. Je n'ai pas envie de dormir. Je tourne en rond. Il est une heure du matin lorsque je tape les petits coups du code à la porte de Bella. Bella a le sommeil léger. Au bout de quelques secondes j'entends son pas qui vient. Deuxième partie du code de nuit : « Qu'est-ce que c'est ?

— Police. »

Je suis Bella dans la petite cuisine.

« Hum, hum… Qu'est-ce qu'il se passe, ma fille ? »

Je ne peux pas parler du revolver, je n'ai pas eu peur, ce n'était pas une menace, ce n'était rien. Du grand-guignol. Pourtant, on avait dit pas de si, pas de chantage… Je m'assieds devant la table. Bella ouvre son buffet, attrape deux verres, la bouteille de rhum.

« Hum, hum…

— Ah non, non, pas maintenant, Bella !

— Voyons, c'est quoi cette mine de décavée ? »

Elle me tient par la barbichette.

« Toi tu viens de te faire tringler. Qui c'est qui t'a lessivée comme ça ?

— Bella ! J'ai horreur que tu parles comme ça !

— Raconte. »

Une lueur de gourmandise dans les yeux. Bella est souvent complice et directe, elle joue avec moi, elle me pousse dans mes retranchements. Elle veut que je dise les mots que je ne peux pas dire. Je n'ai jamais pu, je ne sais pas pourquoi. Mon éducation sans doute. Je peux parler comme un charretier mais je suis pudique.

« J'ai une liaison… avec… le commissaire de…

— *Le* commissaire ? Ah Bella, Bella, tu as tout faux… (Elle se parle.) Non, ce n'est pas possible, il y a quelque chose qui cloche.

— Je veux dire… *la* commissaire, la mienne… mais depuis que tu m'as parlé de… je ne sais pas son nom…

— Yaël.

— Yaël ? Zut.

— Quoi zut ?

— Je ne sais pas, Yaël ça ne va pas, ça sonne comme… emmerdements ! »

Yaël. Avec cet *Y* indéfinissable, cette voyelle de l'ailleurs, de la fuite et des mensonges, *faut que j'y aille, je dois y aller.*

« Et ta commissaire, elle s'appelle comment ?

— Louise.

— Et ça sonne comment, ça ? Ça sonne comme mouise ! »

Bella est fière de son bon mot, elle éclate de son rire incomparable, mais il s'éteint rapidement comme un pétard qui fait long feu.

« Je te l'ai dit qu'elle travaille dans le cinéma, Yaël ? Yaël, elle travaille dans le cinéma, je te l'ai dit... »

Dans le cinéma, c'est vague, vaste, ça ne veut rien dire, elle est peut-être comptable ou caissière au Gaumont Palace, ouvreuse, ça existe toujours, ouvreuse ? Je ne sais pas, je n'ai plus le temps d'aller au cinéma, quand je rentre chez moi je suis crevée, quand je ne rentre pas chez moi, je retrouve Louise dans un hôtel. Ou ailleurs. Comme ce soir. Et après je rentre chez moi encore plus crevée. Quand ça ne va pas très bien, je vais voir Bella, elle me rassure, et comme je suis flic, je crois qu'elle aussi est rassurée par ma présence. Pas besoin d'appeler la police en cas d'urgence puisqu'elle est là, la police, en train de picoler avec Bella. Bella me raconte Haïti, son île, son pays bien-aimé, le mouroir des ambitions, de l'espoir, des illusions, définitivement ensevelis sous les décombres du tremblement de terre de 2010, Haïti le pays où même le soleil est noir.

Bella s'enfonce dans des pensées qu'elle ne veut pas partager, pas cette nuit. Elle ingurgite verre sur verre, je bois un peu, je m'anesthésie. Bella se met à respirer vite, la lèvre pendante, le regard torve. Je dois la réveiller, l'extraire de sa transe silencieuse et invisible mais que je devine sous sa peau, dans ses veines, tout autour de ses os. Je lui dis :

« J'allais bien jusqu'à ce que tu me parles de... (ah non, j'arriverai pas à dire son nom, c'est comme si je touchais quelque chose qui ne m'appartient pas…), j'allais bien, j'avais Louise, Louise, elle donne tout, et elle prend tout… et puis… j'avais toi, Bella…

— Tu m'as toujours mon chou, dit-elle d'une voix pâteuse, et en plus, maintenant, tu as le choix, tu peux choisir, tu n'es plus…

— Quoi ? Quel choix ?

— Tu peux choisir Yaël, elle sera d'accord, tu verras. »

Elle reprend, un instant plus tard, alors que je reste bouche bée :

« Je sais que Yaël est pour toi, je le sais. Elle va revenir et tu le sauras aussi.

— Bella, qu'est-ce que tu as fait ?

— Rien. Ce n'est pas moi…

— C'est qui alors, c'est qui ?

— Bon, oui, d'abord c'est moi, j'ai tout fait pour la rapprocher de toi, sans en avoir l'air, tu vois ? Je savais qu'elle était pour toi. (Bella a du flair, Bella ne se trompe pas.) Et après… elle m'a posé des questions sur toi, c'est comme ça, elle te veut, elle t'aura. On a parlé. Elle fait moins de chichis que toi, Yaël, toi tu te fermes tout de suite, tu fais des mystères, y a pas de mystère à droite ou à gauche, y a l'amour, c'est tout. J'ai perdu tous ceux que j'aimais et me voilà expatriée, alors je sais ce que je dis, y a l'amour, c'est tout ! »

Bella se lève, elle ne tient pas debout, elle dodeline de la tête comme si elle était témoin d'un désastre.

« Tu veux pas rester avec moi ? J'ai peur. »

Bella titube, je la soutiens jusqu'à la porte de sa chambre. Elle ne veut pas que je la lâche, je l'aide à se déshabiller ; sur son flanc éclairé par la lumière de son petit salon, une longue cicatrice que les bourrelets font onduler. Pas le moment de poser des questions sur cette impressionnante couture. Je la couche, elle s'endort comme une masse. Je range ses vêtements sur une chaise. Sur une petite table, près du lit, je distingue une statuette qui ressemble à la sainte Vierge, entourée d'une foule d'objets. Je reste un moment près du lit, je me penche pour regarder Bella de près. Elle dort profondément. Mon portable vibre dans ma poche. Louise. Je ne réponds pas. Louise me braque à bout de bras, le pistolet sur mon front. Bella ronfle régulièrement, comme un petit cochon satisfait.

4.

Je fouille dans le pot où Bella garde des clés, dont le double de celle de la porte d'entrée que j'enlève de la serrure et que je pose en évidence sur le petit napperon du buffet. Plus prudent de fermer à double tour. On ne sait jamais. J'écoute les voitures ; au bruit que font les pneus sur la chaussée, j'en déduis qu'il pleut ou qu'il a plu. Un moteur ronronne devant l'immeuble. J'essaie de voir à travers les stores. Un taxi est arrêté. C'est *elle*. Mon cœur a failli m'expédier *ad patres*. Elle rentre au milieu de la nuit et au milieu de la nuit j'enferme Bella et je prends en vitesse l'ascenseur pour aller attendre Yaël sur son palier. Je n'ai plus que quelques heures avant de partir travailler. Je joue à pile ou face, à quitte ou double, à n'importe quoi. Si Bella m'a menée en bateau, je le saurai dès le premier regard. J'aurais dû lui demander si Yaël sait que je suis flic. Elle a peut-être horreur des flics. C'est quoi le slogan tendance ? « Tout le monde déteste la police ! » Elle a appelé l'ascenseur, je l'entends qui descend, l'ascenseur, le bruit de l'arrêt, de l'ouverture… de la fermeture… et il remonte, je suis appuyée contre la porte du troisième droite, le chat se met à miauler, je n'arrive plus à déglutir, je suis devenue dingue, j'ai vingt-six ans, j'ai encore un peu de marge pour retrouver la raison, j'ai le droit d'être en vrac devant sa porte, en long, en large, en travers, je me mets à flotter, je vole, je peux tout annuler si je veux, m'enfuir par l'escalier et lorsque la porte de l'ascenseur s'ouvrira, je ne serai plus là, elle rentrera tranquillement chez elle, et moi chez moi ; mon portable vibre, tout allait si bien, ma vie était presque limpide, presque joyeuse, presque normale, j'aimais presque Louise et là je suis presque morte de honte et de malheur, celui que cache Bella derrière ses éclats de rire, dans l'estafilade de son ventre et sous la robe de sa grand-mère ; celui dans lequel Louise va sombrer, celui où Yaël et moi allons peut-être plonger.

J'ai encore le temps de sortir mon portable de ma poche, de dire à Louise : Tout va bien, je t'aime, mais je prends l'appel et je ne dis rien, pas le temps, l'ascenseur s'arrête, la porte s'ouvre, Yaël avance sur le palier tout en écrivant quelque chose sur son portable, pendant que la voix de Louise répète inlassablement : Swany ! Swany ! Swany…

Elle sursaute dès qu'elle me voit, elle retient un cri. Je voudrais lui dire de ne pas avoir peur, que je voulais juste… non, je ne sais pas, je me suis plantée, Bella m'a plantée, je suis horrifiée, elle demeure un moment stupéfaite, puis elle dit mon nom, doucement, sur le mode interrogation, approbation, satisfaction :

Swany ? Je bafouille que Bella m'a parlé du chat – n'importe quoi ! – que je m'en allais… Elle hoche la tête : « Quel heureux chat, dit-elle, qu'on vient bichonner à deux heures du matin. » Elle avance, pose sa valise, range son téléphone, cherche ses clés, ouvre, me pousse à l'intérieur, elle prend délicatement le téléphone que j'ai toujours dans la main, elle entend Louise qui s'exaspère dans le vide : Swany, qu'est-ce que tu fous ? Elle coupe. Elle ne sait pas qu'elle m'a peut-être condamnée à mort. Bon, j'exagère. Le chat vient se frotter contre ses jambes, elle me prend par la main. Sa surprise était feinte. Pas complètement. Quelle que soit la personne qui vous attend devant votre porte à deux heures du matin, vous ne pouvez que sursauter. « Quand je pense qu'il n'y avait que deux étages entre nous », dit-elle. Je voudrais dire : *C'est toi que j'attendais, tu en as mis du temps*. Non, non, non, non, rien ne tient debout dans cette histoire, ça n'arrive pas, Bella n'est pas plus haïtienne que moi, je ne suis pas plus homo que Bella, Yaël n'est pas dans le cinéma et je ne suis pas dans la police, ça, c'est dans les livres ; dans les livres, les personnages sont hauts en couleur, ou tristes comme un toit d'ardoise sous la pluie, ils font ce qu'ils v… non, ce que veut l'auteur, alors ils se prennent la main, ils se regardent, s'observent, pour finir par s'enlacer, se pénétrer, se désosser, se bouffer, s'adorer, se charcuter, se lisser, s'extasier, se boire, se chérir, s'entretuer, se vomir et s'aimer encore et ainsi, jusqu'au bout du bout du bout, jusqu'à la déflagration, l'explosion, le champignon atomique qui va tout ravager. Alors oui, elle m'attire dans ses bras, m'emporte et on se déshabille en s'embrassant. Nos bouches ne se décolleront pas, nos langues ne se lâcheront pas, nous ne saurons plus quel corps est le nôtre, tes seins deviennent les miens, tes clavicules, tes omoplates, ouvre les yeux, je dois sortir, je suis prisonnière depuis la fête des voisins, laisse-moi gambader sur ton ventre, visiter tes cavernes, explorer le plus profond de ton corps, laisse-moi rentrer et sortir rentrer et sortir, glisser et me fendre le crâne, naître à la racine de tes cheveux, mourir en toi avant que Louise… nous participons au concours du plus long baiser de l'histoire, ta salive me remplit, je vais exploser et je deviens liquide, un liquide orange me monte aux yeux, et toi, et toi, dis-moi, tu le vois le liquide orange ? Je t'entends gémir de plus en plus fort, tu vas réveiller les Rantanplan, Bella et même Louise ; à travers les arrondissements, elle va t'entendre, elle va surgir et nous tuer, elle va clouer le chat sur la porte, elle fera accuser Bella. Ce sera facile, c'est facile d'accuser les étrangers, ils ont bon dos. Dans un souffle, tu dis je t'aime dans ma bouche. Je suis collée à toi, à ta bouche, à ton sexe, je ne peux pas te laisser respirer. Je voudrais, je ne peux pas, je suis en plomb, je m'enfonce encore dans ton corps, nous nous mélangeons, je prends ton foie, tu prends mes reins, on va se noyer, on n'a pas de bouée, on ne peut compter sur personne, il faut nager, nager, nager. Je t'aime. On se noie ensemble. Le chat miaule. On éclate de rire. Chacune récupère ses organes, ses eaux, sa peau, attends, le compte n'y est pas, il me manque un os ou deux, je suis déglinguée, la souris déglinguée, je suis incapable de bouger, tu m'embrasses doucement, ce n'est plus toi, je ne te connais pas, tu te fais plus légère qu'une plume, si douce que je ne te sens même plus, tu t'éloignes sur une barque qui glisse sur un lac invisible, si tu veux on arrête tout, on n'ira pas plus loin dans le bonheur, dans l'extase, rien jamais ne sera cet instant, cette nuit, tout nous sera repris, en tout cas jamais redonné aussi violemment, aussi… je ne sais pas, aussi implacablement, on s'est unies, on n'a plus qu'à accepter que c'était trop, beaucoup trop brutal, il y manque l'apothéose, le final du *Boléro* de Ravel, redoutable, incroyable. Insupportable. Sec et tranchant. Il taille dans notre rêve, dans le vif de notre espoir d'éternité. On aurait dû mourir, on serait enfin tranquilles, enfin libérées du poids des imbéciles, de Louise, de nos mères, puisque rien jamais ne sera aussi beau, on ne peut que dégringoler maintenant. Le chat miaule toujours puis il se met à gratter nos vêtements épars sur le sol, il est furieux, quelque chose le sollicite, une vibration étouffée, c'est mon portable, tu te penches, je te laisse te mêler de mes affaires, enfreindre les règles, organiser la chasse aux intrus, prendre ma vie entre tes mains. « Je réponds ? » Tu veux m'affoler, m'obliger à accepter l'impossible, l'impensable, à te donner immédiatement la preuve de mon allégeance. Mais non, tu n'as pas le droit. Tu veux juste me tester. Alors voilà, on s'est bien éclatées, mais je peux me barrer, là, dans l'instant et ne jamais revenir. Donne-moi ce téléphone, s'il te plaît. On redescend sur terre. C'est le boulot. Quelle heure est-il ? Il faut que j'y aille. Le chat a faim. Je m'habille, je vais descendre chez moi. Le chat me suit. Je vais voir dans ta cuisine si je trouve quelque chose à lui donner. Il y a un paquet de croquettes sur le plan de travail. Marque inconnue, tu nourris mal ton chat. Je lis la composition. Casher ? Je retourne dans la chambre. Il fait lourd et humide. Tu t'es endormie. À plat ventre. On dirait une pub pour les matelas *Mon Rêve.* Pudique, inconsciemment, tu ne sors qu'une jambe de sous le drap tout entortillé. J'ai envie de pleurer.

5.

Louise s'est enfermée dans son bureau. Elle a convoqué Gabriel, que j'appelle Luther en secret, et Barnabé qui ne sert à rien. Plus quelques putains de flics qui se la pètent. Pas moi. Elle ne m'a pas accordé un regard. Je suis coupée en deux, elle ne le sait pas. Elle m'ignore mais juste ce qu'il faut pour ne pas attirer l'attention. Je suis crevée, je broie du noir, *je vous veux, je ne veux plus vous quitter,* c'est si facile de se perdre, de ne jamais se retrouver, je me repasse le film de la nuit, je tressaille devant mon ordinateur en tentant de capter le regard de Louise, pour savoir à quelle sauce je vais être mangée, je sais qu'elle m'observe. Mais chaque fois que j'essaie d'accrocher son regard, elle le détourne, je vois qu'elle serre les dents pour ne pas exploser. Je pensais qu'elle allait attaquer à la première heure. M'embarquer et me charcuter. J'avais un plan. Il est toujours valable, il s'appuie sur un mensonge charitable. Bella a été très malade, toute la nuit. Tu as appelé une ambulance ? Non. Bella ne veut pas aller à l'hôpital. Je n'en démordrai pas. Louise a profité d'une activité intense dans les locaux pour filer. Elle ne doit de compte à personne. Elle fait ce qu'elle veut dans la mesure où elle n'est pas sur une affaire exceptionnelle. Elle a tout fait pour m'éviter. Elle s'est tirée en douce. On discutera, tout rentrera dans l'ordre, simplement, comme ça, puisqu'on ne s'est rien promis, c'était le pacte entre nous. J'ai juste été ton repos du guerrier, ton ouverture sur un autre univers, celui que tu ne soupçonnais pas, rien de plus, c'est ce que tu voulais, Louise. Il est temps de se dire au revoir et merci !

Deux heures plus tard. Alerte SMS : « 21 heures, ce soir. » Ah, non. Ce soir je grimperai jusqu'au troisième, je saurai si le miracle a eu lieu. « Impossible. Pas ce soir. — Maintenant, si tu veux. — OK. » J'attends le nom de l'hôtel et le numéro de la chambre. Je fais signe à Luther que je dois partir, il fronce les sourcils et tord la bouche. Je cours jusqu'au métro. En route, j'appelle Bella. Là, elle me dit qu'elle doit monter chez Yaël pour le chat. « Quoi ? Attends, j'entends mal, répète. — Ben, Yaël m'a dit qu'elle avait encore besoin de moi pour le chat, le tournage est plus long que prévu, elle aurait dû rentrer hier, elle aurait dû… — Mais Bella elle est… elle est rentrée hier — Ah non, non, non, dans quinze jours. — Bella tu te moques de moi. Je te dis qu'elle est rentrée ! Dans la nuit ! — T'as rêvé mon chou. Elle m'a appelée, elle m'a dit : "Bella pouvez-vous vous occuper de mon chat encore un peu ?" » Ou Bella est dingue ou elle me fait marcher, elle en est capable.

Je ne vais pas hurler au téléphone dans cette rame, je crois comprendre, j'ai effrayé Yaël, je lui ai tout donné et voilà le travail, elle est partie. « Tu lui as dit que je suis flic ? — Quoi ? Pourquoi j'aurais dit ça. Ça, c'est notre secret. »

Je sors du métro. Le soleil est brûlant. Je marche lentement, je suis assommée. Je rappelle Bella avant de retrouver Louise. Bella ne répond pas. Sans doute allée faire un de ses ménages chez les blancs-becs. C'est ce qu'elle fait, en plus d'assurer l'entretien et plus ou moins le gardiennage de notre petit immeuble. Yaël ne m'a pas donné son numéro, elle n'a pas demandé le mien, ni à moi ni à Bella, elle ne m'a pas dit au revoir, elle s'est endormie et je suis partie. Et maintenant, elle s'est volatilisée. Et Bella affirme qu'elle n'est pas revenue, c'est un jeu cruel. Bella, pourquoi tu me fais ça ?

Louise m'attend, assise sur le bord du lit. Elle ne dit pas un mot, elle me regarde. Elle a ôté sa veste. Je suis obnubilée par le pistolet dans le baudrier. Mais une fois encore sa beauté me subjugue. Sa détresse qui arrondit un peu son dos me déchire. Tant de beauté pour moi, tant d'amour pour moi, tant de douleur. Non, je ne mérite pas ce corps, cet amour. Qu'est-ce que j'ai fait, bordel qu'est-ce que j'ai fait ? J'ai le choix : me comporter en coupable et tout raconter à Louise, ou m'en tenir au plan Bella. Faire du mal à Louise ou l'apaiser. Ne rien dire, c'est la conforter dans ses soupçons et devoir affronter pour la première fois de ma vie une situation qui pourrait virer au drame. Je dis ce qui me passe par la tête :

« Il faut que j'appelle ma mère, elle ne va pas très bien.

— Laquelle ? »

Ça ne se fait pas, on n'a pas le droit d'inventer une maladie pour se tirer d'affaire. C'est un jeu dangereux. Si je raconte ça à Bella, elle va exploser.

« Laquelle des deux salopes qui t'ont larguée dans la nature pour bousiller ma vie !

— Louise ! »

Je suis abasourdie. Louise n'a pas pu prononcer ces mots. Elle se lève, s'approche de moi, me gifle, me bouscule.

« Eh bien, voilà un problème qu'on n'a jamais traité, une femme qui bat sa femme ! »

Elle me décoche une seconde baffe.

« C'est bien, continue, les statistiques ont déjà doublé. »

Livide, affolée, elle ne sait pas ce qui lui arrive, ce qui nous arrive, effrayante dans cette colère qui la dévore, elle va y perdre la raison, mais elle veut le rôle, elle ne le laissera à personne d'autre, c'est le rôle de sa vie, elle pourra se repasser les rushs quand elle sera coincée, solitaire, entre ses enfants et son mari trompé. Elle veut être l'amante et la maîtresse, la victime et le bourreau. Comme elle est belle, mon Dieu ! Ses bras, ses épaules, ses biceps, ses mains, son cou, sa bouche, elle m'éblouit comme la première fois. Je suis faible, je ne maîtrise pas mes appétits, mes désirs, je sais avec certitude que j'aime Yaël à la folie et pourtant je ne peux résister à Louise.

« Tu étais où cette nuit ?

— Bella était malade.

— Bella, Bella, Bella, j'en ai marre de cette Bella !
— Tu n'es quand même pas jalouse de Bella !
— Elle avait quoi Bella ?
— Ça n'allait pas.
— Tu as appelé le 15 ?
— Non, je l'ai aidée à se coucher et j'ai attendu qu'elle s'endorme. »

Elle m'attire contre elle, cherche ma bouche, m'entraîne sur le lit. Plonge ses yeux dans les miens. Je me noie, des frissons parcourent mon corps comme des mille-pattes qui montent et descendent, courent, me brûlent, me grignotent. Elle me déshabille lentement. La cérémonie commence. Mais elle ne veut pas se déshabiller. Ce sera ma punition.

« Enlève ce truc au moins ! »

Elle détache son baudrier, le pose sur la table de nuit près de son téléphone. Elle revient vers moi, la cérémonie recommence. Dans le va-et-vient de nos corps meurtris s'immiscent le chagrin et les larmes, elle veut m'écraser, mais elle m'aime, m'humilier, me détruire, mais elle m'aime, me garder, m'emporter, elle me déchire, on avait dit pas de drame, pas de chantage, elle s'acharne, elle me montre sa chair à vif, son âme éparpillée, je veux fermer ses plaies, rassembler les atomes perdus de son âme, elle gagne, me regagne, mes petites ailes affolées se cassent de tenter l'impossible envol.

6.

Je grimpe au troisième. Je n'ai pas oublié ce que m'a dit Bella mais je n'y crois pas ! Je sors d'un lit, je veux rouler dans celui qui est derrière ces murs ! Je tambourine contre la porte de Yaël. Pas de réponse. On ne s'est pas dit au revoir, on ne s'est pas donné rendez-vous, on ne s'est pas dit qu'on se reverrait, on ne s'est pas dit qu'on s'aimerait, qu'on se marierait, qu'on partirait en voyage de noces, qu'on aurait des enfants, elle ne sait pas que je suis flic, je ne sais pas ce qu'elle fait dans le cinéma, monteuse, éclairagiste, habilleuse, maquilleuse, accessoiriste, je ne sais pas pourquoi elle achète des croquettes casher pour son chat. Non ? Tu ne sais pas ! Mais si ! Bien sûr, je sais. Je sais que l'histoire se complique. Elle s'appelle Yaël.

Je fonce chez Bella qui dès qu'elle me voit prend ma tête dans ses mains.

« Hum, hum, c'est de mal en pis ma fille, faudrait quand même arrêter les frais, petite ! Mais tu fais quoi ? Tu baises toute la journée ? »

J'ai envie de pleurer, oui je baise trop, je suis exténuée, de trop d'amour, de dents, de gencives, de salive, de murmures et de cris, ivre de ces ruissellements, repue de ces langues, de ces mains qui m'ouvrent et me déchirent, il faut tout arrêter, tout reprendre au début, juste un signe, une caresse, un regard, juste l'espoir, l'attente, le ratage, la maladresse, le plaisir avorté, la jouissance éperdue, ah ! ça me ferait du bien de chialer pendant des heures dans le giron de Bella. Je veux que tout recommence, je retourne chez mes mères, on reprend tout à zéro, elles m'expliquent : On est *tes* mamans. Je suis ravie, elles sont jolies, on t'aime, tu es notre merveille, mais par pitié fais médecine ou autre chose, pharmacie, danse, écrivain, comme nous, équilibriste mais pas flic ! On s'est un peu quittées à ce moment-là parce que flic, ah ça non ! Fallait pas me faire lire *Le Club des Cinq* ! Ou alors je serai poète, écoutez ça : *Ce sont tes yeux qui m'ont brûlée.*

« Swany, assieds-toi, tu me donnes le vertige !

— Elle est où, Yaël ?

— Ça va pas toi, ma fille. Tu as la tête à l'envers. Je t'ai dit qu'elle est pas rentrée, que je dois m'occuper du chat.

— Et moi je te dis qu'elle est rentrée ! Qu'est-ce que c'est que ce sac d'embrouilles ! Arrête de me faire marcher ! Elle était là cette nuit, je l'ai vue, je l'ai…

— Mais oui, je sais, j'ai tout entendu. Vous avez réveillé l'immeuble entier.

— Quoi ?! »

Bella éclate de rire, elle n'en peut plus, pour un peu elle se roulerait sur le sol.

« Swany, tu es une grande naïve ! Hum, hum.

— Pourquoi tu me fais marcher comme ça ? Tu es sadique !

— Peut-être... Je ne sais pas pourquoi je te fais marcher... aujourd'hui c'est le jour confus... elle a dit qu'elle partait, c'est tout ce que je peux te dire, elle a laissé ça pour toi. »

Bella va prendre une enveloppe que j'ai déjà repérée sur son buffet, devant le portrait peu engageant de son neveu. Il a une tête qui ne me revient pas. Mon cœur cogne à me tuer. Dans quel pétrin je me suis fourrée ! Comment rembobiner le film, rien à faire, ça ne marche pas dans l'autre sens, la rémission des péchés, la résurrection de la chair, tout ça, ça ne marche pas, je viens de trahir Yaël. Qui me pardonnera ? J'ai envie de hurler, je ne veux pas aimer Yaël, je ne veux pas l'attendre, je ne veux pas que ma vie soit cet enfer d'amour, d'impatience, d'exaltation, d'obsession depuis la fête des voisins. Je ne veux pas du combat que je m'apprête à livrer avec Louise, je ne veux pas faire pleurer Louise, je ne veux pas qu'elle me tue, je ne veux pas que Yaël me fasse pleurer, non, non, non, elle me fera rire, on n'en pourra plus de rire ensemble. Et nos rires produiront tant de larmes qu'on renouvellera l'eau des océans pollués. Bon, on se calme, on s'est connues, on s'est reconnues, on s'est dévorées et il ne reste peut-être que des miettes, on a tout bâfré comme des sauvages, on s'est dit l'amour de *A* à *Z* et tout est consommé, consumé. Des cendres, c'est tout. C'est pour ça qu'elle n'est plus là. Le reste ne l'intéresse pas, les jours tranquilles et les soirées tendresse devant Netflix, le bébé qui se réveille au milieu de la nuit, non, ce n'est pas son trip.

« Tu ne l'ouvres pas ?

— Pas maintenant.

— Alors c'était comment ? Ça semble coller entre vous ! Raconte à une pauv' vieille qui n'a plus rien à se mettre sous la dent. »

Je me lève, je ne peux pas, je ne peux pas dire les mots de cet amour. Bella m'a percée à jour depuis longtemps, je suis nue devant elle, dépouillée des mensonges, des artifices. Mais je ne dirai jamais les mots qu'elle prononce si facilement. Bella parle de sexe comme de cuisine. Au début, je rougissais tellement lorsqu'elle me racontait ce que lui faisait son mari qu'elle en avait pour un quart d'heure à s'esclaffer, à me taquiner, à tenter de m'extorquer les mots de ma vie sexuelle. Quand je n'ai plus rougi, ça ne l'a plus vraiment amusée. Et puis qu'avais-je à raconter ? Des coups d'un soir, des ratages, rien. Et Bella est désormais ma mère amie. Jamais je n'aurais espéré ce grand bonheur d'être l'enfant de trois mères, deux Blanches, une Noire. Deux Blanches filiformes, une Noire bien replète. Le trio magique.

Je vais rentrer chez moi, il faut que j'aille pleurer.

« Bella, je te rends ta clé. »

Je remets la clé dans le pot à côté du neveu, mais Bella dit :

« Garde-la, finalement, comme ça, tu viens quand tu veux et quand tu pars, le soir, tu fermes. »

J'acquiesce. Je récupère la clé.

« Il vient te voir ton neveu, des fois ?

— Hum, hum… quand il a besoin d'argent… »

Mon téléphone sonne. C'est Luther. « Si tu veux voir ta première mémé dans sa mare de sang, c'est le moment. Je t'avertis, Louise a perdu son sens de l'humour. Si tu penses que tu vas tourner de l'œil, ne viens pas. »

Luther a changé de comportement à mon égard, il ne s'oppose plus à ce que nous fassions équipe. Je ne me demande même pas pourquoi. Il a ses raisons.

« Je dois y aller.

— Oui, ma fille, oui, vas-y…

— Je repasse peut-être en rentrant. Je ne sais pas à quelle heure.

— Hum, hum. »

Bella s'agrippe au rebord de la table.

« Ça ne va pas ? Qu'est-ce que tu as ?

— C'est rien. Je pense à vous deux : Yaël et Swany. Qu'est-ce que c'est beau ! Je vous vois toutes les deux, si belles, je savais qu'elle était pour toi, je le savais, on le voit tout de suite, ça, c'est dans l'œil, alors je suis contente et je suis triste parce que… je vois la grande nuit qui vient. Pour moi. Aujourd'hui… c'est le jour où j'entends les tambours, ils se rapprochent… tu sais, les tambours sont la respiration d'Haïti et la respiration de la nuit, et la nuit où ils sont venus, Port-au-Prince respirait si fort qu'ils auraient dû se réveiller et s'enfuir, ma pauvre maman, mon pauvre papa ! Pauvre de moi, je n'avais que six ans… c'était le *devant jour*, tout le monde hurlait, je ne sais pas pourquoi ils m'ont laissée, pourquoi ils ne m'ont pas coupée en morceaux…

— Qui ? Les tambours ? »

Je retiens mon souffle, je regarde Bella qui ne me voit plus, perdue dans ses souvenirs.

« Mais non, pas les tambours, les tambours ne tuent personne, ils se répondent, les tambours dialoguent et racontent. Les tambours avertissent, et peut-être qu'ils font tuer… il y a tant de tambours, toutes sortes, pour toutes les occasions, les tambours du vodou sont les plus effrayants, comme ceux qui disent que les Tontons macoutes arrivent, c'est les Tontons macoutes qui ont tué mon père et ma mère.

— Les tontons ?

— Ah, tu ne sais rien. Tu es trop jeune et t'en fous d'Haïti, du martyre d'Haïti, des assassins d'Haïti. De l'esclavage, de la misère des rues, tu n'imagines pas, Swany… les gens étaient morts de faim et de peur, ils vivaient dans des baraques faites de cageots brinquebalants. Tout passait à travers, l'eau, la puanteur, les machettes. Nous, on avait une masure, c'est mieux tu sais une masure, même avec des trous, mais qu'est-ce que ça peut te faire ? Tu ne connais pas les Tontons macoutes, cette horde d'assassins ! Bon Dieu, qui ne les connaît pas ? Tu t'en fous et c'est tout !

— Mais non, je ne m'en fous pas… on n'apprend pas ça à l'école.

— Vous ne savez plus rien, les jeunes. Et qu'est-ce que ça peut vous foutre à vous les Blancs de misère. T'as jamais entendu parler de Papa Doc ? de Bébé Doc ? »

Je secoue la tête. Je ne suis même pas mal à l'aise. Je devrais, car Delphine et Adèle auraient honte de mon ignorance.

« Faut vraiment que j'y aille, Bella.

— Reviens ce soir, on parlera, je te raconterai la nuit des Tontons macoutes... j'ai une bouteille de *clairin*, du rhum blanc de canne, qui arrache la langue ; sans ça, il n'y aura pas d'histoire. Les langues ne se délient pas comme des cordes de violon, il faut les imbiber. Prends la clé, je serai couchée. »

Bella se dirige d'un pas traînant vers sa chambre. Je devine l'autel sur lequel trône la statuette de la Vierge aperçue dans la pénombre, lorsque j'ai dû l'aider à se coucher. Elle ferme la porte. Je reste un instant silencieuse et j'entends la respiration de l'île inconnue, martelée par le rythme des tambours, je deviens l'enfant qui devient orpheline, je deviens Bella qui se met à chanter, mais est-ce Bella ? C'est la voix d'une petite fille rieuse que la misère n'affecte pas encore parce qu'elle ne sait pas que le monde ne se résume pas à ces baraques disloquées dans la boue, qui chante une chanson étonnamment joyeuse, une chanson qui dit :

Ça pique, ça pique
Sous les tropiques,
Le sol, le soleil, la musique,
Mais oui, ça pique, ça pique, ça pique... [1]

---

1. Chanson dans *Compère Général Soleil* de Jacques Stephen Alexis, Gallimard, 1955.

Dans ma main, l'enveloppe de Yaël est toute froissée, je la déplie en tremblant, je l'ouvre avec les dents, j'avale les mots d'un coup, cinq, comme griffonnés par le chat qui mange des croquettes casher, sur un vilain morceau de papier arraché d'un carnet à spirale : *Attends-moi. Je t'aime. Yaël.*

Yaël avec le Y de faut que j'y aille. Avec le A d'amour, avec le Ë de paëlla, avec le L d'elle… tout se recoupe, tout est lié.

7.

J'arrive enfin sur le lieu du crime, rue Marcadet… J'ai la tête pleine de Yaël, de son corps, de son absence. Les gyrophares tournent bleus dans la douceur de la nuit. Vous savez comment ça se passe. On descend de voiture, de bicyclette ou de moto, moi j'arrive à pied depuis le métro, on prend un air sûr de soi, on montre une carte ou un écusson à l'agent en faction devant l'entrée de l'immeuble, on le regarde à peine ; bien sûr, il fait la même chose, s'il vous connaît, puis il s'écarte. Louise me fusille du regard. Il n'en faut pas plus pour me brûler le ventre. Louise est une femme bouleversante. « On *vous* attend depuis une demi-heure ! » Bien, le *vous* professionnel. Luther : « Tu as de la chance qu'on attende aussi le légiste. Il y a des em quoi ? » Je n'ai pas de voiture. Vou vais me donner la peine de répondre Comme chez le dentiste ou à l'hôpit élégants chaussons stériles, les gants par chance, on trouverait un cheveu ou un mégot de cigarette, genre indice matériel à introduire dans une poche en plastique qui fera partie des scellés. C'était mieux avant, il suffisait d'un stylo à Maigret, d'un mouchoir à Colombo. Je me demande pourquoi Louise est là, avec Luther, ce n'est pas son truc, les cadavres de mamies. Ils font le tour des pièces de l'appartement après avoir fait celui du corps de la victime en évitant le sang répandu autour de sa pauvre vieille tête toute chiffonnée. Sa robe est remontée jusqu'à la taille sur ses pauvres vieilles cuisses grises et son sexe égaré raconte une histoire hallucinée. Tourner de l'œil, non, mais vomir de cet outrage, d'indignation, de haine, oui. Louise m'observe. Je crois que j'ai réussi l'examen de passage dans le sordide. Nous sommes autour du corps. Louise effleure ma main. Je ne sens rien à cause des gants. Rien d'érotique. Seulement un signe de rapprochement, comme un mot d'excuse. Puis elle se penche sur la victime. Je vous parie combien qu'on va parler d'objet contondant d'ici peu, de rigidité cadavérique et autres expressions en usage dans la profession ; je ne sais pas ce qui me prend, alors que Luther se gratte la tête et que Louise m'atomise, je dis : « C'est les Tontons macoutes. » Ça au moins, c'est inattendu, ça ne ressemble à rien, ça ne fait pas partie de nos références. Je vois leur tête se tourner vers moi, un air idiot et pourtant plein d'espoir sur le visage. Luther fronce les sourcils et prend une profonde inspiration : « Quoi ? Tu dis quoi ? » Avant que j'aie le temps de répondre ou tout au moins d'essayer, Louise demande des trucs au légiste qui est enfin là avec sa batterie de valises, sa combinaison d'équarisseur, ses chaussons, ses gants, sa barbe, ses pinceaux, ses tubes, ses cotons-tiges. À souligner que le légiste n'est pas une femme. On n'est pas dans un téléfilm, genre *Meurtre à Andernos*, ou à Gujan-Mestras, ni dans un livre de Patricia Cornwell. Le légiste qui a un peu de poids superflu a du mal à s'accroupir auprès de la pauvre vieille morte. Il écarte les cheveux, tourne légèrement la tête de la malheureuse, la soulève, la repose, prend ses mains, l'une après l'autre, les examine, les caresse, pas de blessures défensives. Petite séance de manucure. Objet contondant. Les mots sont lâchés. Ah tiens, un cheveu ici, un poil là, hop dans le sac, un sac pour chacun. Photos. Clic. Clac. Louise demande qu'on descende la robe, qu'on recouvre cette pauvre vieille chose morte. Le sexe désolé de la vieille morte. Du coup, je ne réponds pas à Luther. Je ne sais pas plus qu'une heure auparavant ce que sont précisément les Tontons macoutes, c'est sorti comme ça devant le spectacle désolant de la morte parce que je pressens que ces zigotos qui ont tué le papa et la maman de Bella alors qu'elle n'avait que six ans étaient capables des pires avanies. Comme celui qui a tué cette femme. On a presque fini. Ceux de la scientifique font les marioles avec leurs prélèvements d'empreintes. Leur poudre de perlimpinpin, leurs petits plumeaux qui voltigent avec une grâce inouïe. Heure de la mort, rigidité cadavérique, arme du crime, sévices, violence, effraction, vol, traces de pas, par la fenêtre ? Les fenêtres de la cuisine donnent sur une petite cour. Ouais, facile d'escalader avec l'aide des poubelles. Luther est circonspect. Il le tient peut-être, son tueur en série. En tout cas, c'est un bon début. Vous pouvez l'emmener. Brancard, housse, zip, brancardiers. Luther demande si on va prendre un verre. *Pourquoi pas,* dit Louise. Je tombe de fatigue. Louise a une petite mine. On enlève les gants. Un dernier regard… Des photos sur des napperons de dentelle. Comme chez Bella. Elles ont toutes des photos sur des napperons de dentelle. Des gens qui sourient sur les photos. Ou pas. Dans la rue, je plonge mes mains dans mes poches et l'une d'elles rencontre la feuille de papier pliée. Je la capte comme un mérou gobe une crevette et l'écrase contre ma paume. On prend un verre en silence. L'amour de Yaël dans ma main. Je veux revoir les mots écrits de la sienne. Excusez-moi. Je vais aux toilettes, je lis, je relis, appuyée au lavabo, et j'enferme mon trésor dans mes doigts repliés. Je réfléchis à la situation, le poing contre ma bouche. Louise me rejoint dans la minute. Elle veut prendre ma main, cette main scellée sur ma trahison. Je résiste. Elle force mon poing, y introduit son pouce, mes doigts s'écartent comme des pétales de fleur. Elle ne s'attendait pas à trouver quelque chose, elle est surprise. Elle défroisse la boule de papier. Son téléphone sonne, elle hésite à répondre, la feuille tremble entre ses mains, je vois qu'elle serre les dents, que ses yeux sont remplis de larmes, elle répond à l'appel. Elle dit que tout va bien, qu'elle rentre. Elle remet la feuille dans ma main. Elle pose un baiser sur ma bouche. Comme une bonne copine très proche. Elle s'en va. On se croirait dans un film. Moi aussi finalement je suis dans le cinéma ! Yaël ne le sait pas. Elle ne sait rien de moi. Et elle me dit de l'attendre. Je reviens dans la salle de bar. Je ne vois pas Louise. Luther regarde le plafond. Puis moi, puis encore le plafond et encore moi. « Elle est partie. » Il dit ça sans sous-entendu, d'une voix qu'il voudrait neutre mais que je sens chargée d'émotion comme s'il venait d'apprendre une mauvaise nouvelle. Il m'offre un autre verre. Sa grande carcasse remplit tout l'espace. Il n'est pas si mal finalement. Il secoue la tête comme si quelque chose le tracassait et tout à trac, il dit :

« Alors, vous êtes ensemble... Louise et toi, vous êtes ensemble ?

— Comment ça *ensemble* ? Mais non, pas du tout ! »

J'ai dû rougir au-delà des oreilles. Je ne peux pas trahir Louise et puis Louise et moi, c'est fini, donc, on n'est pas ensemble. Luther se met à rire, sans méchanceté, avec même une sorte de tendresse inattendue. Il hausse les épaules et dit : « Tu sais moi, je m'en fous. »

Je rentre chez moi. Je ne peux m'empêcher de courir jusqu'au troisième, de frapper à la porte de Yaël, le cœur dans la bouche. J'insiste, c'est idiot. Je vais réveiller le chat. Ou les Rantanplan. Je me demande si Bella a donné à manger au chat. Je descends, j'ai envie de vomir tout cet amour, tous ces plaisirs, ces désirs, toute cette peine, tout ce sang et le sexe à moitié scalpé de la vieille dame assassinée, je ne sais plus où aller, je suis embrouillée, j'ai envie de hurler, de prendre mes mères par le collet, oui, mes mères, elles ne m'ont pas appris, elles n'ont pas livré leurs secrets, têtues comme des mules, comme si de rien n'était, comme si on était l'élite, le summum de l'intelligence humaine, avec tous leurs livres, leurs disques, leurs pinceaux, leurs films, leurs théories, leur orgueil, comme si on était à l'abri de tout, tellement fortes et intelligentes, on n'avait rien à craindre. Elles ne m'ont pas dit les risques, elles ne m'ont pas dit que cet amour-là est si entier, si unique que *l'une* ne peut aller sans *l'autre, à les voir*, j'aurais dû m'en douter, que chacune, détachée de l'autre, meurt comme une fleur sans eau. Elles ne m'ont pas dit non plus qu'on pouvait trouver sur notre route les excités dévots, les baiseuses de Dieu, les p'tits gars antisémites et homophobes des banlieues, les gros bourrins des coins de zinc, elles ne se sont pas méfiées. Elles étaient sur le bon navire, celui qui voguait vers la liberté, elles n'ont pas vu le ciel s'obscurcir, ni venir les corbeaux sur la plaine, ni mesuré la dégringolade ahurissante de l'intelligence humaine, non, rien, elles ne pouvaient imaginer au bout de tant de siècles de luttes que les Tontons macoutes des ténèbres religieuses allaient s'abattre sur la terre comme nuées de sauterelles.

Elles ne m'ont rien dit, rien montré qu'un amour sans fin, sans commencement. Infini. Leur amour pour moi qui a pris en otage leur amour tout court. Leur amour… mes mamans.

J'appelle Adèle sur son portable. Pourquoi pas Delphine ? Pourquoi pas le fixe ? Je ne sais pas. Il est tellement tard. Ce n'est plus une vie, tout est à l'envers depuis la fête des voisins. Le bonheur ou ce qui en tenait lieu, cette illusion d'être unique dans les bras de Louise, d'être le centre et le cercle, a basculé sous la surface de la banquise. Je gratte le permafrost, j'examine, je fais des tas de rien, je suis en sueur et en sang.

« Swany ? » Une voix éraillée qui essaie de chuchoter.

Je ne trouve rien à dire. Sinon :

« Tu fumes toujours, Adèle ?

— Swany ? Que se passe-t-il ?

— Rien. J'avais envie de t'entendre.

— Bon Dieu, tu m'as fait peur !

— Tu connais les Tontons macoutes, toi ?

— Quoi ?

— Les Tontons macoutes.

— Attends Swany, ne me dis pas que tu me réveilles en pleine nuit pour me parler des Tontons macoutes ?

— Non. Si. Je... Aujourd'hui j'ai vu une vieille femme à moitié nue et complètement morte et je me suis dit : c'est donc ça la fin, quelle qu'elle soit, c'est ça... »

Je pense : le sexe ouvert aux vers, les cuisses écartées, et je dis :

« Je voudrais trouver le fils de pute qui a fait ça, je voudrais le voir crever de trouille avant que je lui plante une prune entre les yeux. Vous aviez raison, je ne peux pas être flic !

— Mais bien sûr que tu ne peux pas, on te l'a dit et redit ! Mais tu t'es entêtée... Oh, là, là, que t'arrive-t-il ?

— Rien. Ça va. C'est juste un passage à vide. Rude journée. Je tombe de fatigue.

— Moi aussi, Swany, et Delphine est si fatiguée, je ne voudrais pas la réveiller…

— Si fatiguée ? Qu'est-ce que ça veut dire *si fatiguée* ? Tu m'inquiètes, je veux lui parler.

— Swany, enfin, je t'ai dit qu'elle dort, c'est tout. Elle a travaillé dans le jardin, elle est crevée.

— OK maman, je raccroche, je t'aime. Dis à maman que je l'aime.

— On t'aime, *mi amor*. Pour les Tontons macoutes, regarde sur Google. »

Quelque chose ne va pas, je ne sais pas quoi. Je suis désarmée, désarticulée de l'intérieur. J'ouvre l'ordinateur. Je n'en peux plus, je veux savoir où est Yaël, j'ai peur de Louise… le beurre et l'argent du beurre… comme tout le monde, c'est ce que je veux, je veux tout, je ne veux rien perdre, le corps abandonné de Louise… Tonton… macoute… les sbires de la dictature, je lis des articles sur Haïti, Dessalines, l'esclavage, Duvalier, Papa Doc, Bébé Doc, je ne retiens rien, pas grand-chose du moins, tant que j'y suis, je fais une incursion dans le vaudou, je survole, je me noie dans des articles confus. Vodou. Vaudou. L'orthographe varie d'un article à l'autre. J'essaie de comprendre les cérémonies, les divinités, pour ainsi dire jumelées aux saints de la religion catholique, appelés *loas*, je reconnais la Vierge de l'autel de Bella, une Erzulie… il y en a plusieurs, pour tous les goûts, toutes les transes, toutes les demandes, les prières, les intercessions, pour tous les drames, tous les désespoirs. Il doit bien y en avoir une pour moi.

Je traverse l'espace qui sépare mon appartement de celui de Bella. Et tout à coup je me dis que je n'ai pas regardé la boîte aux lettres. Et s'il y avait une vraie lettre cette fois ? Je descends jusqu'au hall d'entrée. Rien. Je n'ai même pas vérifié mes mails ! Mais elle n'a pas l'adresse de ma messagerie, elle aurait pu demander à Bella, mais Bella l'a-t-elle ? Non, oui, elle l'a, à toutes fins utiles, je remonte, j'ouvre sans bruit chez Bella. La vieille morte suppliciée est morte incrédule, elle revient sans cesse dans ma tête, c'est ma grand-mère, la grand-mère de tout le monde, violée, assassinée, ce n'est pas possible, ce n'est pas correct, ce n'est pas supportable, je ne veux pas effrayer Bella, je pousse doucement la porte de sa chambre. Dans un clair-obscur façon La Tour, elle dort paisiblement. Ne vous étonnez pas, je connais Georges de La Tour, j'ai été élevée dans l'art. Des bougies allumées sur la table-autel à côté du lit – un bon moyen pour foutre le feu ! – éclairent son visage et celui de la Vierge que je peux regarder sans paraître indiscrète ou impolie. Elle tient une épée entre ses bras croisés sur sa poitrine. Elle est coiffée d'une couronne d'or, vêtue de voiles bleus, entourée de cœurs dorés en métal, en carton, accrochés à des chaînes. Je me penche plus encore vers cet étrange autel ou des bouteilles de rhum vides côtoient des paquets de biscuits, des fleurs en papier, des colliers de perles et des canettes de bière. Comme sur Google. La Vierge a une larme noire sur une joue. J'avance un doigt pour toucher cette larme, c'est peut-être un tas de chiures de mouche.

« Ne touche pas Erzulie Freda ! »

Je fais un bond en arrière comme si un chien m'avait aboyé dessus, planqué derrière une haie. Ah, je sais au moins que celle-là, c'est Freda, il y en a une autre, Dantor, qui ne me dit rien qui vaille, Freda, c'est bien, je crois que c'est bien. C'est une gentille.

« Oh, Bella, tu m'as fichu la trouille. Je croyais que tu dormais.

— Non, je ne dors pas, les tambours m'en empêchent.

— Tu as encore trop bu. Il faut arrêter ça, Bella. »

J'ai l'impression que tout s'accélère avec Bella. Que je pénètre au cœur de sa vie et qu'elle est au cœur de la mienne pour toujours. Jusqu'ici je ne savais que peu de choses sur elle, qu'elle avait perdu son mari après vingt ans de mariage, qu'elle était venue en France avec une famille de Français pour qui elle travaillait, qu'ils étaient morts et qu'elle était là maintenant grosse et vieille, avec son rire indestructible et son vodou.

« Il y a tant et tant et tant de tambours, la nuit tous les tambours parlent. Ils racontent des histoires tristes. Si tristes, Swany, si tristes… ils n'arrivent plus à couvrir les cris de ma mère… »

Mon Dieu, je viens de voir une vieille femme violée, assassinée, et les cris de la mère de Bella à travers les décennies viennent ajouter de l'horreur à ce jour qui n'en finit pas. Je voudrais pouvoir apaiser Bella, que les tambours s'en aillent. Elle se met à trembler, en claquant des dents. Je prends sa main posée sur le drap. Je la serre de toutes mes forces. Ses tremblements montent dans mon bras. Je ne trouve rien à dire pour les faire cesser. Je dois les prendre en moi, la délivrer. Je tremble de plus en plus. J'ai mal au ventre, le sexe qui tiraille comme si quelque chose, quelqu'un voulait l'arracher, mais c'est lui qui veut arracher Bella à sa souffrance, Louise à sa folie, Yaël à son absence, je me balance sur la chaise alors que Bella gémit doucement et que je sens venir et s'enfuir un orgasme.

Bella ouvre les yeux. Elle est apaisée. Moi aussi. Ce n'est pas ce soir qu'elle me racontera la nuit des Tontons macoutes. Ni cette estafilade sur son flanc.

« Va te coucher, Swany. Tu as une sale tête. »

Et elle rit et son rire remplit la nuit d'été. Au loin, on perçoit au milieu du bruit de la circulation comme un roulement de tambour et le son d'une trompette. Je lâche la main de Bella, mais elle rattrape la mienne, vivement, comme si elle était un aigle et moi la proie :

« Tu devrais aller voir tes parents. On dit toujours : Demain. Demain, demain, demain ! Mais à coups de demain, le moment est derrière toi ! Et il n'y a plus de demain ! »

Quel *loa* apparu à Bella dans son voyage nocturne au son des tambours d'Haïti lui a commandé de me délivrer en urgence ce conseil pressant ? Ce serait bien le moment de lui dire que mes parents s'appellent Adèle et Delphine, mais non, je n'y arrive pas. Pour ce soir il est trop tard. J'acquiesce.

« Oui, je vais y aller. Je vais aller les voir. Je voudrais déjà y être !

— Et tu devrais leur parler de toi, tu vois ? Tu vois ce que je veux dire ?

— Oui, oui, je vais le faire.

— Hum, hum, c'est bien. Souffle les bougies d'Erzulie avant de partir. »

Je souffle. Je sors de la chambre, je traverse le salon, je jette un coup d'œil au neveu comme chaque fois. Et je rentre chez moi, en apnée.

8.

Adèle m'attend sur le quai de la gare de Pau. Je l'aperçois de loin avant qu'elle ne me voie. J'arrive même à discerner son inquiétude, dans la mobilité des yeux qui sautent d'un voyageur à l'autre, insatisfaits. Affolement du regard. Panique. *Où est-elle ?* Où est-elle notre petite Swany d'amour, notre enfant ? Elle aura raté le train ! Non, elle aurait appelé. Je ralentis, je me paralyse, je réalise qu'Adèle n'a que cinq ans de plus que Louise… et je me retrouve devant ma mère, soulagée de me voir et excédée par l'attente. « Vingt minutes de retard », dit-elle. Elle s'empare de la poignée de ma valise, me prend par la taille. Et nous entraîne toutes les deux, ma valise et moi, sur les pavés de l'esplanade de la gare. « Ma grande, ma grande ! Enfin tu es là ! » La gare n'a pas changé. Le parking toujours aussi bondé avec des emplacements imaginés par des carrossiers en panne de clientèle. Rien ne change ici. L'un des trous du cul huppés de la France fait semblant de péter la forme avec son circuit en ville genre Monaco, sa sacro-sainte étape du Tour de France, son équipe de rugby dans le Top 14, ses bus à rallonge qui ont nécessité des travaux pharaoniques, ses snobinards qui se cramponnent encore à l'idée que leur ciel est toujours bleu et que leur centre-ville n'est pas mort… J'ai jamais pu les encaisser. C'est pour ça que je suis partie. Adèle ouvre la portière du vieux 4 × 4, une relique qui a mon âge.

« Vous avez encore ce tacot ! Vous n'avez pas envie… »

Depuis au moins quatre ans, je dis ça chaque fois que je viens, Adèle a l'habitude mais là, elle m'oppose un non catégorique comme si j'avais touché un point sensible. Elle enchaîne très vite :

« J'espère que tu restes au moins quinze jours !

— Mais non, deux, trois jours, je ne suis pas encore en vacances. Je croyais que maman viendrait avec toi.

— Maman ? Et moi je suis qui ? »

On rit. Chaque fois les mêmes remarques, les mêmes boutades, les mêmes jeux entre maman et maman, Mum et Môm.

« Bon, que dire, ta mère avait du travail en retard, ça n'avance pas comme elle voudrait, et ta mère, ci-devant toi, n'a, comme tu le sais, rien à faire ! »

Je me tourne vers Adèle, sa bouche a une expression amère que je ne lui connaissais pas. Ses cheveux sont rasés au-dessus des oreilles et le reste est coiffé en arrière, de belles mèches blondes indisciplinées. Des boucles d'oreilles que je ne lui ai jamais vues. On sort enfin du quartier de la gare, ça bouchonne un peu rue du 14-Juillet, c'est chouette comme nom de rue et tellement original, on sait au moins ce qu'il représente celui-là. On se tape tous les feux rouges ; malgré les vitres baissées on suffoque dans l'habitacle. Je hasarde : « De nos jours une bagnole sans clim, je vais te dire… » Adèle répond qu'il fait bien meilleur au chalet. Un petit paradis.

Nous sortons de la ville, direction la vallée, trente-cinq kilomètres dont vingt de virages. Quelque chose ne va pas. Je ne sais pas quoi. Adèle est silencieuse. Et si je balançais tout, là, pour plomber encore plus l'ambiance, si je disais ce que je suis, qui j'ose aimer ? *Môm, j'aime une femme, en fait, deux et...* Je ne dis rien, on est trop bien, maman et moi, on est comme avant, sauf qu'on n'est pas trois, que Delphine n'est pas venue, je crois que c'est la première fois. Au début j'appelais Adèle « papa », je ne savais pas que j'avais deux mères. Je la trouvais si beau avec ses cheveux dressés sur la tête comme des piques de hérisson. Delphine aussi la trouvait beau et toutes les trois on était belles. Je les voyais s'embrasser, se toucher, se sourire, sans indécence, sans insister, c'était merveilleux, leur douceur, leur odeur, notre vie. Et puis, elles m'ont expliqué : *Toi, tu as deux mamans, c'est Delphine qui t'a mise au monde, elle t'a portée, tu es sa chair et son sang et le sang d'un géniteur inconnu, un donneur, tu es l'enfant d'un donneur parce que le mari de Delphine était stérile, tu comprends Swany ? Delphine avait un mari qui n'est pas ton père et nous deux on s'est unies à la vie à la mort autour de toi. Adèle est ta maman d'amour, tu as une chance exceptionnelle.*

Mais si ça t'amuse de penser que l'une d'elles est ton papa, pourquoi pas ? Nom du père : Adèle ; nom de la mère : Delphine ; profession du père : artiste ; profession de la mère : artiste. C'était merveilleux, je baignais dans l'amour. Je les voulais toutes les deux toujours et partout. Une seule ne me suffisait pas, jamais. Jamais l'une sans l'autre. On arrive au chalet. Je cours jusqu'à l'entrée, Mum, Mum ! Delphine est assise à son bureau, dans la pénombre. « Voilà le colis, dit Adèle. Plus belle que jamais. » On s'enlace, on fait une ronde, on s'embrasse. On sort toutes les trois dans le jardin qui embaume, je respire à pleins poumons. L'absence intolérable de Yaël percute mon plexus. Je me casse en deux. Mes mères ne peuvent pas savoir que c'est une douleur d'amour. Tout de suite, c'est l'affolement. « J'appelle le médecin », dit Delphine. Je parviens à les convaincre que ce n'est rien, juste comme une violente brûlure à l'estomac. Est-ce que ça t'arrive souvent ? est-ce que ci ? est-ce que ça ? Tout finit par rentrer dans l'ordre. Je parle du stress, de la dernière sortie traumatisante. « Ah, oui », commente Adèle, qui se souvient de mon coup de fil. Apparemment, Delphine ne semble pas au courant. On mange dehors, sous le tilleul. Mes mères ne sont pas du genre à chercher à s'immiscer dans ma vie privée, mais je sais qu'elles ne sont pas tranquilles de me savoir seule à Paris. Dans la police ! Que tout le monde déteste. Adèle prend l'initiative de me montrer, une fois de plus, leur sollicitude maternelle, au risque de m'agacer.

« On s'inquiète tellement pour toi, parfois…

— J'ai Bella.

— Oui, bien sûr, il y a Bella, c'est formidable, mais Bella n'est qu'une voisine, Swany, et une voisine…

— Bella est plus qu'une voisine. (Prenez ça dans les dents et fichez-moi la paix !)

— C'est-à-dire ? »

Elles n'ont jamais vu Bella. Elles ont oublié qu'elle est vieille. Elles perdent les pédales, elles s'affolent. C'est quand même un peu fort ! Que craignent-elles ? Je réalise avec effroi que ces femmes intelligentes redoutent vraiment que leur fille soit lesbienne.

« Ben, c'est-à-dire que c'est plus qu'une voisine, c'est comme une… une mère, une mère noire. Ça change… vous êtes blanches comme des cachets d'aspirine !

— Trois mères, c'est pas un peu beaucoup ?

— Faudrait demander à Divine Ludo ! »

C'est ainsi que nous appelons, entre nous, la sainte patronne de la Manif pour tous, dont les parents habitent à quelques encablures du chalet. Môm dit qu'elle l'a vue récemment au Market en train de faire ses courses avec le monsieur papa de ses enfants.

On rit, on est bien, on a peur, on ne sait pas de quoi au fond.

Ensuite, j'ai droit à un questionnaire plus audacieux :

« Ça se passe bien avec tes collègues ? Ton Brutus… Luther, ça va avec lui ?

— Oui, ça va. Beaucoup mieux. Il s'habitue à m'avoir à ses côtés et je crois que ça lui plaît. (Là, elles boivent du petit-lait…)

— Et la commissaire, elle est comment ?

— Ça va, elle n'est pas chiante. On s'entend bien.
— Tu n'as pas de photos ?
— Des photos ?
— Des photos de tes collègues, sur ton portable, je ne sais pas, ce n'est quand même pas incongru d'avoir des photos de ses collègues ! »

Il y a bien une photo de Louise prise à son insu et que je ne me décide pas à supprimer contre toute prudence et déontologie. Je fais défiler quelques photos :

« Voilà Louise.
— C'est qui ?
— Ma commissaire.
— Quel âge elle a ? Elle est jeune… pour une commissaire !
— Je ne sais pas, quarante ? »

C'est peut-être le moment de jouer un atout. Pendant qu'elles se passent et repassent le téléphone, comme fascinées par Louise, je jette un as sur la table :

« J'ai rencontré quelqu'un. »

Tous les jours on rencontre des « quelqu'un », mais quand on dit à ses parents *j'ai rencontré quelqu'un*, c'est différent. Leurs yeux s'éclairent subitement. Parfois les sourcils se froncent et une ride d'inquiétude se creuse, prête à céder la place au soulagement bienheureux qui lissera la peau, adoucira le regard, apaisera le souffle. C'est à ce moment-là que les chers parents se regardent, se sourient, soupirent d'aise, se congratulent, sans un mot, tout est dans les yeux, les doigts, les lèvres, ils se voient déjà en train de bercer le fruit de leur progéniture et de ce quelqu'un qui ne peut être que le bon puisqu'il semble que l'annonce de la rencontre corresponde à une sorte d'urgence ou de projet mûrement réfléchi.

Et voilà que tombe, comme un couperet sur toute velléité d'aveu, la question mortelle.

« Comment s'appelle-t-il ? »

Vous devez impérativement larguer un prénom épicène. (J'ai lu le dernier Nothombe, oui, il faut prononcer le *b*.)

« Yaël. »

À partir de là, il faut s'attendre à une rafale de questions dépourvues d'originalité : âge, profession, depuis quand, où, comment ? Tu dois bien avoir une photo. Eh non, je n'en ai pas. L'affaire se corse. J'ai une photo de Louise et pas de Lui. Elles comprendraient peut-être ce que cela signifie si elles voulaient enfin ouvrir les yeux, si elles n'étaient pas obsédées par l'idée de me caser !

Pour le cas improbable où vous souhaiteriez une minute de silence en hommage à tous les martyrs LGBT…UVWXYZ, vous lancez avec un grand sourire :

« Et si c'était une *elle* ? »

Ce que je fais, sérieusement, mais je connais les limites de mon audace lorsque je suis face à elles et les mots ne sont pas gravés dans le marbre.

La gueule de mes mamans, impayable ! Là, à ce moment précis, je sens que le traumatisme n'est pas loin. Adèle siffle un verre de vin cul sec. L'ai-je bien descendu ? Delphine ne réagit pas. De la pointe du couteau elle taquine les reliefs du repas dans son assiette, des miettes de pain qu'elle fait sauter en appuyant dessus, tout au bord. Comme au jeu de puces.

« Oh, là, là, le drame ! »

Je les observe se ressaisir, reprendre de l'air.

« Vous savez que vous m'inquiétez, vous deux ? Bon quoi merde, on n'a jamais parlé de rien, vous n'avez jamais rien expliqué, vous êtes là, ensemble, depuis plus de vingt ans…

— Presque vingt-sept ! précise Delphine.

— Oui, bon, vingt-sept, vous êtes homos, quoi ! Merde alors ! Et si moi, votre fille, je vous dis que j'aime une fille, vous tournez de l'œil ? Vous me décevez, je ne comprends pas. Vous êtes pires que… que Divine Ludo ! C'est incroyable, in-cro-yable !

— Tu ne comprends pas, tu nous cueilles à froid, là, c'est pourtant pas compliqué à comprendre !

— Si, justement, c'est compliqué à comprendre. Ce que je comprends c'est que vous vous êtes embourgeoisées dans votre train-train. Vous vous êtes *hétérogénéisées* ! La honte que tous ces imbéciles ont fait naître à un moment ou à un autre est encore en vous. Vous ! Vous ne pouvez pas être comme les autres, vous ne devez pas ! Vous êtes tellement… tellement plus formidables, mes mamans ! Ne me dites pas que dans la tête vous êtes comme eux ! C'est le monde à l'envers. »

Delphine soupire. Je l'entends comme dans un rêve dire cette phrase qui de prime abord me semble obscure : « Comment ne pas amener de l'eau au moulin de ces crétins d'homophobes intégristes, alors qu'il s'agit du résultat d'une probabilité qui n'a rien à voir avec l'éducation ou la génétique ? » Adèle éclate de rire, je ris avec elle, elle a raison, mais ma Mum, elle, ne rit pas, n'a pas envie de rire, elle nous regarde comme si elle ne comprenait pas pourquoi nous rions, comme si elle se demandait ce qu'on fout là, surtout, sous le tilleul, et même en faisant abstraction du lieu, des éléments du lieu, ce qu'on fout là. Tout simplement.

« Alors, comment elle s'appelle ? parvient à articuler Adèle.

— Yaël. *Il* s'appelle Yaël. » Voilà, j'abdique, vous êtes contentes ?

Adèle et Delphine échangent un regard rapide que je n'interprète pas comme l'expression d'un soulagement. Elles se méfient.

« Il s'appelle Yaël, on sera heureux et on n'aura pas d'enfants ! »

Delphine dit qu'elle doit se reposer. Quelque chose ne tourne pas rond chez elle, mais je ne sais pas quoi. Adèle me sourit tristement. Qu'est-ce qui ne va pas ? Je rattrape ma mère, je dois faire quelque chose pour elle, tout de suite. Lui dire que je l'aime, que rien ne nous séparera jamais.

« Maman, si Yaël est libre, on viendra dans le courant de l'été. Il ne connaît pas les Pyrénées. Et je lui parle tellement de vous. »

Delphine me regarde en souriant, elle secoue imperceptiblement la tête comme pour dire : Oui, c'est bien. Et finalement elle dit : « Parfait, oui, parfait. »

Affolée, je me tourne vers Adèle qui est en train d'allumer une cigarette, qu'elle écrase aussitôt. Elle vient vers moi, pose un baiser sonore sur mon front. « Je reviens », dit-elle. Je retourne m'asseoir sous le tilleul. Je regarde une abeille qui cherche fortune dans les assiettes. Les mouches s'en mêlent. Et des bestioles dont j'ignore le nom. Des bestioles qu'on ne tue pas, surtout pas, jamais. Seules les mouches n'ont pas la chance de bénéficier du traitement de faveur qui s'applique ici à tous les insectes, rongeurs et volatiles. En attendant le retour d'Adèle, j'appelle Bella. J'espère qu'elle va me dire que Yaël est revenue. Hélas, ce n'est pas le cas. J'apprends qu'elle n'a même pas pris des nouvelles de son chat. Bella demande si mes parents vont bien, si j'ai pu leur parler, je dis qu'ils vont bien mais que je ne peux pas leur parler ouvertement, pas maintenant…

« Tu veux que je leur parle, moi, à tes parents ?

— Oh non, non, non, surtout pas.

— Si c'est pas malheureux de voir ça ! Des parents aussi idiots.

— Non, je crois qu'ils ont de problèmes en ce moment.

— Des problèmes graves ?

— Peut-être des problèmes de couple, je n'en sais rien. »

Adèle revient s'asseoir avec moi. Elle m'a sans doute vue téléphoner. Je dis : « C'était Bella… »

Mon téléphone vibre dans ma poche au moment où Adèle dit avec une sorte de sursaut empressé comme si elle se souvenait soudainement qu'elle avait un truc important à m'apprendre :

« On voulait te dire quelque chose, Swany… on va se marier. »

Tout ce que je trouve à dire c'est : « Waouh ! » en retirant l'appareil de ma poche. Louise. C'est Louise. « Please, reviens. » Adèle me regarde enfoncer mon portable dans ma poche, avec un attendrissement qui me bouleverse, elle imagine sans doute un échange torride avec mon *quelqu'un*, elle s'échappe discrètement, elle me laisse sous le tilleul avec les mouches, l'abeille et ma solitude, celle du flic devant la grand-mère morte, mutilée, la supplique de Louise et cette annonce de leur mariage au bout de vingt-sept ans de vie commune. Oui, waouh. Au fond de moi, cette nouvelle me ravit. Maman et maman, voulez-vous vous prendre pour épouses ? Waouh !

Au point où on en est, et tant qu'il nous reste un minimum de clairvoyance, résumons la situation :

Adèle et Delphine vont se marier, Bella ne sait toujours pas que j'ai deux mères – qui vont se marier. Mes deux mères qui vont se marier ne savent pas que je suis lesbienne, que je couche avec la commissaire, que j'ai (eu) une amante juive. Mon amante juive ne sait pas que je suis flic, que je couche avec la commissaire. Que j'ai deux mères qui vont se marier. La commissaire sait que j'ai deux mères, elle ne sait pas qu'elles vont se marier, elle soupçonne que je la trompe avec le ou la dénommée Yaël, mais elle est peut-être prête à accepter la situation sous conditions, je ne sais pas lesquelles. Luther soupçonne que Louise et moi avons une liaison, il ne sait pas que j'ai deux mères qui vont se marier, qui ne savent rien de moi. Et je ne sais pas où est mon amante juive, ni si je la reverrai un jour. Je ne sais plus qui je suis.

Il fait une chaleur écrasante. Je laisse tout aux coléoptères sous le tilleul. Je rentre dans le chalet où règne une fraîcheur étonnante. Pas un bruit. Les chats sont étalés sur le carrelage. Je trouve que Criquou respire vite. La chaleur sans doute. Criquou a près de vingt ans. J'espère qu'elle sera encore là pour le mariage de nos mères. *On va se marier.* La porte de leur bureau est ouverte. Rien n'a changé. Plus désordonné qu'autrefois, cependant. Ce laisser-aller m'étonne un peu. Des tableaux sont appuyés contre les murs, les pieds de tables, les meubles ; des dessins jonchent le sol, des livres et des disques, des casques, des clés USB, squattent absolument toutes les surfaces planes, avec des manuscrits, des objets surprenants, des nids d'oiseau tombés des arbres, un bouddha en bronze, un boomerang, des encriers, des plumes de merle, un télescope, une divinité maya en obsidienne, une poire en bois, des urnes contenant des chats en poudre, des photos, Swany bébé, Swany enfant, Swany et sa trottinette, Swany et son cartable, Swany à la mer, Swany à la montagne, Swany au Tibet, Swany à l'école de police, Swany à Paris. Je monte me reposer dans ma chambre. De légers bruits proviennent de celle de mes mères. Des chuchotements, des plaintes. Je me fige devant leur porte, je veux fuir, mais je reste là, je me retiens de respirer, je n'arrive pas à déglutir. Je colle mon oreille contre la porte. *Mais non, tout ira bien,* dit Adèle, *tu verras.* Et les gémissements reprennent plus insistants, plus déchirants, plus réguliers. Mes parentes font l'amour. Au lieu de partir sur la pointe des pieds, je reste là, pétrifiée, j'attends l'orgasme de celle qui va jouir en premier. Lorsque tout est apaisé, longtemps après, j'ouvre la porte, j'avance vers le lit où Adèle et Delphine, comme libérées des chaînes et du poids de la vie, se sont endormies. Je n'ai jamais vu mes mères nues. Je pleure de stupéfaction, de tendresse, d'amour, elles sont belles et sombres dans la pénombre, l'image de la vieille morte me revient brusquement. J'étouffe un cri. Mes adorées ne seront jamais cette morte. Je remonte le drap sur leurs corps nus, enlacés. Et je m'entends murmurer : « Quelle idée de se marier… »

Je devrais aller voir ma grand-mère avant de repartir. Elle va me reprocher de ne jamais l'appeler, de ne pas lui écrire au moins un courriel ! *C'est bien la peine que tu aies mon adresse ! Et que j'aie un ordinateur ! Dont je sais me servir, oui ma chère !*

Je n'ai qu'une grand-mère, la mère d'Adèle, qui a accepté sans broncher et même avec une certaine fierté d'être la mamie d'un bébé dont pas une goutte de sang ne pouvait le relier à elle. Mais je dois rentrer à Paris, vite, Paris où Louise m'attend pour baiser, Luther pour guerroyer contre les criminels et où Yaël finira par revenir.

9.

Jusqu'à ce que Yaël entre dans ma vie et dans mon corps je n'avais rien vu de plus beau que le corps de Louise. J'en ai pourtant vu des merveilles avant d'intégrer la police. Adèle et Delphine m'ont donné la beauté du monde, les couchers de soleil rougeoyants comme des incendies derrière les collines, les chatons endormis les quatre fers en l'air, les tableaux sidérants, les films qui vous hantent toute la vie, les livres qu'on n'oublie pas dans le fatras de ceux qui s'effacent à peine refermés. La Sibérie, Irkoutsk, le Baïkal, la Laponie et la Mongolie. Comme si, pressentant que je dévierais du chemin qu'elles me montraient, elles voulaient me gaver de ce que le monde a de meilleur, me faire un petit bagage de secours pour ma route sans elles.

Louise s'est endormie, mes yeux cheminent sur sa peau, centimètre par centimètre, je me penche sur son visage, j'y vois l'abandon. J'y vois la fin de notre histoire. Voilà, le corps de Louise est beau comme la fin du monde, comme les confins inexplorés, comme les terres vierges, mais il ne peut me guérir de Yaël que j'ai si peu vue nue, tant nous nous sommes mélangées, broyées, dépecées sans aucun espace entre nous. Et maintenant qu'elle a disparu, nous laissant, à moi un bout de papier avec cette injonction, *Attends-moi*, et à Bella son chat, la beauté de Louise ne peut combler le désir qui m'épuise.

J'ai eu la faiblesse de dévoiler à Louise le jour et l'heure de mon retour. Elle m'a cueillie à la descente du train. On n'a pas dit grand-chose. Pas d'effusions publiques. On a pris un taxi jusqu'à l'hôtel qu'elle a choisi. Dans le taxi, elle a frôlé ma main, frôlé exprès, pas tenu ni serré, frôlé, provoquant un autre désir plus animal, une onde bouleversante qui m'a fait frémir comme si sa main au lieu de me frôler m'avait pénétrée lentement jusqu'à l'âme. Elle a souri. Elle croyait avoir gagné. Elle a gagné puisque nous sommes là, à nous aimer savamment, sauvagement, éperdument. Jusqu'à l'épuisement.

Cet hôtel où nous sommes est comme un camp de transit, le passage obligé avant une autre vie, un nouveau départ vers l'aventure heureuse ou la fin déchirante du voyage.

Louise a loué la chambre jusqu'à demain. Elle s'est endormie, sûre d'elle, et je voyage sur son corps dans un état de fascination et d'absence qui me sidère. Je dois sortir de ce gouffre, c'est un cyclone qui me prend dans son œil et m'aspire, je dois remonter avant d'être happée par le col étroit d'où l'on ne revient jamais. Je vais dans la salle de bains téléphoner à Bella. Il est tard, elle doit être chez elle devant la télé, avec sa bouteille de *clairin*. Ou en communication avec Erzulie, le *loa* de l'amour... Je me heurte au répondeur, laisse un message. Je suis assise sur le rebord de la baignoire. Mon portable vibre. Je réponds. C'est Adèle. Inquiète. Un peu en colère. « Tu n'as pas appelé comme tu le fais d'habitude. Ta mère est dans tous ses états. — Pardon, pardon, pardon, j'ai rencontré une amie à Montparnasse, on ne s'était pas vues depuis longtemps, on est allées prendre un verre. » En me tripotant les doigts de pieds, je raconte le voyage, le retour, la chaleur poisseuse, *surtout lave-toi les mains, ne touche pas les rampes, ne t'appuie nulle part.* Comme toujours on finit par *je t'aime, je vous aime*. Je raccroche. Je lève la tête, je sursaute, Louise est devant moi, habillée.

« Tu m'as fait peur, qu'est-ce que tu fais ?

— Tu appelais qui ?

— C'était ma mère.

— Laquelle ?

— Tu veux voir ? »

Je défie Louise, elle n'aime pas ça.

« Ou alors c'était Yaël », dit-elle d'une voix blanche. Blanche, c'est-ce qu'on dit d'une voix, lorsqu'elle n'a plus de couleurs. Lorsqu'elle est atone. Et meurtrière. Je réponds :

« Pourquoi pas ? »

Elle m'arrache le téléphone des doigts. Elle tremble de rage et de jalousie. Elle me tire par le bras hors de la salle de bains, je ne résiste pas, je découvre, surprise, le pistolet de Louise posé sur l'oreiller. Mais pas le temps de m'appesantir sur la signification de la mise en scène. Louise me jette sur le lit comme un sac de linge sale. Je sens qu'elle a franchi une limite au-delà de laquelle la marche arrière est impossible. Et le pistolet fait partie du scénario.

Au fond, j'ignore de quoi Louise est capable. Et je suis maintenant convaincue qu'elle pourrait me tuer. Je ne sais même pas si j'ai peur. Un peu sans doute. Je m'efforce de ne pas trembler.

« Louise, s'il te plaît… lâche-moi. Laisse-moi partir. On se reverra quand tu seras calmée. Tu m'as demandé de revenir, je suis revenue…

— Non, tu n'es pas revenue, tu n'es pas là, tu n'es qu'une saloperie de putain de lesbienne ! »

Elle me lâche et les coups commencent à pleuvoir. Je n'ai pas l'habitude, mes mères n'ont jamais levé la main sur moi, mes amantes d'une nuit, d'une semaine ou d'un an non plus. La jalousie est un révélateur. Une personne normale supplie, menace de se faire du mal, peut aller jusqu'à l'invective la plus grossière mais elle ne frappe pas, elle souffre mille morts, elle espère, finit par s'apaiser et abandonne la partie, vaincue. Louise ne se maîtrise plus, j'aurais dû me méfier lorsqu'elle m'a collé deux baffes. Son téléphone sonne. Il va peut-être me sauver. Elle hésite à répondre, j'essaie de me dégager de son emprise, ses genoux me rentrent dans les côtes, je prends un coup de poing dans la mâchoire, énorme, j'ai l'impression de voir mes dents jaillir de ma bouche, j'en prends un autre pour faire bonne mesure, j'aperçois comme dans un halo la forme noire du pistolet sur l'oreiller. Le téléphone sonne toujours. J'ai envie de vomir. Je sens que je perds conscience (elle a dû toucher le point de l'uppercut, sous le menton), mais je sais que Louise me pénètre avec ses doigts, enragée, Louise me viole. Je ne réagis pas, je ne la supplie pas d'arrêter, elle peut faire ce qu'elle veut, je suis ailleurs. Ses mots orduriers me parviennent comme à travers un filtre qui distord les sons. *Passe la nuit sonne l'heure les jours s'en vont je demeure,* durant ces interminables minutes où Louise décharge en moi sa fureur dévastatrice, j'entends le poème, je récite le poème, c'est une voix blanche, encore une, mais celle-là n'appartient à personne, c'est n'importe qui, c'est la voix des âmes mortes, des corps jetés sur les rivages, des femmes massacrées, mutilées, vaincues mais vivantes, *passe la nuit sonne l'heure les jours s'en vont je demeure,* Louise a pris le pistolet sur l'oreiller, elle le pose sur mon ventre, il est froid, je frissonne malgré la chaleur, à cause de la chaleur peut-être qui pousse mon corps à réagir, je n'ai pas perdu connaissance, je sais ce que fait Louise, elle dessine une ligne, elle trace un chemin, je m'en fous, fais ce que tu veux, le canon de l'arme descend jusqu'au point de non-retour, Louise me viole et je demeure.

Louise me ramène devant chez moi. Au moment où je descends de la voiture, elle dit : « Mets-toi de la glace. » Elle redémarre. Dans la série drames et mélodrames : *La commissaire a pété les plombs.* Si Fred Vargas est à court de titres, je le lui cède. Je reste immobile, dans le noir. Une heure, plus, moins, je ne sais pas. Je sens ma bouche qui enfle, j'ai du mal à boire un verre d'eau. Je vais constater les dégâts dans le miroir de la salle de bains. Mes dents sont toutes là. Je remplis de glaçons un gant de toilette et je l'applique sur ma joue. C'est la gauche, Louise est droitière. Je prends une douche. C'est-ce qu'il faut faire, non ? Ce qu'on voit dans les films, une bonne douche bien chaude, les yeux fermés, le visage levé vers le ciel ou le pommeau de douche, et l'âme en enfer. Je ne peux m'empêcher de penser à la folie de Louise, à son retour dans son foyer, à ses enfants… Je ne sais rien d'eux ni de son mari, c'était la règle, notre règle, pas d'informations sur la famille (une règle que j'ai enfreinte dans un moment d'euphorie amoureuse en lui racontant Adèle et Delphine), pas d'interférences, juste elle et moi pour un jour ou trois, deux semaines, six mois, elle et moi. Sans conditions, sans promesses, le temps que dure l'accord parfait. On l'avait dit, pas de chantage, pas de drame. On n'avait pas parlé de coups.

Je ne peux pas aller voir Bella dans cet état ni lui dire qui m'a fait ça, elle serait capable de fabriquer une poupée vodou et d'ensorceler Louise ou de la faire mourir, carrément. J'écoute le répondeur, un message m'apprend que Bella a été transportée d'urgence aux Diaconesses pour une pancréatite aiguë ! Il y en a un autre qu'Adèle a laissé avant son appel sur le portable. Et un de Louise qui s'excuse comme si elle m'avait juste marché sur le pied. Je me demande si elle réalise vraiment ce qu'elle m'a fait. Et ce qu'il adviendra lorsque nous nous ferons face, demain… et encore un, à l'instant, sur le portable cette fois : « Mon amour, je suis tellement folle de toi que j'en deviens folle tout court. Pardonne-moi, je ne sais plus ce que je fais. »

Pardonner quoi ? Les coups ou le pistolet dans le vagin ? L'idée même de pardon ne m'a pas effleurée.

Je dois aller m'occuper du chat puisque ce pauvre bougre n'a plus que moi. Je monte chez Yaël. Les miaulements de l'animal me déchirent les tympans et me crèvent le cœur ; ils me disent que tu es partie, que tu nous as plantés là avec nos misères, ton pauvre greffier de chat, greffière peut-être, même pas envie de vérifier si j'ai affaire à un monsieur ou à une dame, et moi. Tant de questions et de peine me consument, je suis vaincue, broyée, j'ai l'air d'être là, je n'y suis pas. Je disparais. Je vais d'une pièce à l'autre sans trop savoir ce qui m'arrive, ce que je fais dans cet appartement qui n'est pas le mien avec ce chat qui n'est pas à moi, et qui me suit dans tous mes déplacements, aller, retour, à droite, droite ! À gauche, gauche ! Ce que tu dois t'emmerder, mon pauvre vieux ! Viens, viens voir un peu, viens me raconter comment ça se passe avec Yaël, pourquoi elle te fait bouffer du casher. Je le sais bien pourquoi. À tous les coups, c'est sa mère qui fournit les croquettes, manquait plus que ça, l'orthodoxie jusqu'à l'appareil digestif du félin, on ne peut pas dire que ce soit bon signe pour la suite de notre histoire car, si même les chats mangent casher dans cette famille, on peut s'attendre à toutes les galères… Il semble exclu que certaines relations *contre-nature* – comme le rabâchent religieux et dévots extrêmes de toutes les religions qui, cependant, ne voient rien de contre-nature dans le fait de laisser violer des petites filles par de vieux barbons barbus – soient autorisées. Et voilà donc, le chat, voilà donc qui ne laisse rien présager de bon pour notre avenir commun. Bella qui sait tout devait bien savoir tout cela. Et pourquoi Bella qui sait tout nous a-t-elle jetées dans les bras l'une de l'autre ? Bon, amène-toi le chat, viens manger. Dis-moi, t'aimerais pas changer de régime ? Hum, des bonnes croquettes… avec plein de saloperies dedans ! Je t'en achèterai demain. Il ne reste qu'une poignée des casher.

La chambre est telle que Yaël l'a laissée le jour où elle est partie après notre nuit… je regarde notre lit défait et je pleure. J'ouvre ses placards, ses tiroirs, ses penderies, j'enfouis mon visage meurtri dans ses vêtements, ses culottes, ses torchons ; de nos draps torturés je me fais un linceul et je pleure. Je vais rester ici, avec le chat, dans notre lit. Tu t'appelles comment mon minou ?

Le chat et moi, on pleure. Je m'endors, Louise dégaine son pistolet et me tire dessus. Louise se tire une balle dans la tête. La détonation traverse mon rêve. Je me réveille en sursaut. Mon cœur tambourine dans ma poitrine. Des coups dans une porte résonnent sourdement. Le chat dresse les oreilles. Et tape de la queue sur le lit. Mon portable rampe sur le sol. Les coups reprennent. Mon portable tourne sur lui-même. Les coups reprennent. Puis tout s'arrête. Je n'entends que mon cœur et celui du chat, plus rapide, son petit cœur affolé. Je vais regarder dans la rue. Une voiture s'éloigne lentement.

10.

Le lendemain, j'arrive au commissariat la gueule de travers, je suis bleu, blanc, rouge. Je porte une minerve pour tromper l'espion. Oui, il se trouve qu'une minerve attendait son heure de gloire dans un tiroir de ma commode. Il faut toujours avoir une minerve chez soi. La chose suscite la compassion et l'interrogation : accident, coup du lapin, agression, collision contre un poteau ou le manche d'un râteau ? Avec la gueule que j'ai, choisissez ce que vous voulez. Le coup du râteau, ça arrive, pas seulement dans les films burlesques, c'est arrivé à Delphine dans notre jardin d'Éden. *Qui avait laissé traîner ce râteau dans ce coin sombre, bon sang !* Je vais devoir affronter Louise, avec mes mamans qui ont surgi dans ma tête, mes mamans que j'ai laissées à leur projet de mariage, mais aussi à ce quelque chose d'indéfinissable que je n'arrive pas à traduire en mots. Ce quelque chose qui me chagrine et qui vient par bouffées masquer mes préoccupations amoureuses.

Mais quel événement, quel drame, quel bonheur pourrait effacer ce que m'a fait Louise ? Bizarrement, je n'arrive pas à la détester. J'ai envie de vomir.

J'essaie de passer inaperçue, manque de bol, il y a une effervescence anormale dans les locaux. Maintenant j'ai l'impression que tout le monde me regarde de travers. Luther sort du bureau de Louise ; dès qu'il me voit il me fait signe de le rejoindre, non sans avoir marqué un court instant de stupeur. Il retourne dans le bureau de ma tortionnaire. Je m'attends à la trouver là, d'humeur charmante ou massacrante selon sa stratégie. Je prends une profonde inspiration, les larmes me viennent aux yeux, non, je ne peux pas l'affronter, comment laisser ses yeux rentrer dans les miens, me violer encore à travers mes iris, sûre d'elle, de son pouvoir ? *Mets de la glace !* C'est tout ce qu'elle a trouvé à me dire en me larguant devant chez moi. Certes, avant que j'aie eu le temps d'enfiler la clé dans la serrure de l'appartement elle s'excusait, et me bombardait ensuite de messages de soumission, d'amour, de suppliques, de promesses. Au bord de l'évanouissement, je pénètre dans le bureau. « Louise a un empêchement », dit Luther. Je m'appuie à la table derrière laquelle il semble s'interroger sur la corrélation qu'il pourrait y avoir entre l'empêchement – qui serait diplomatique – de Louise et mon gentil minois parfaitement défiguré. J'ai besoin de reprendre mes esprits, de ravaler mes larmes, de faire tout bêtement face à la situation. Mais Luther ne me laisse pas le temps d'échafauder une histoire et surtout de me concentrer sur la façon de la présenter afin de la rendre crédible.

« Qui t'a fait ça ?

— On m'a agressée.

— Quand ?

— Hier soir, en rentrant chez moi.

— Tu as porté plainte ?

— Non.

— Tu dois porter plainte !

— Je ne peux pas. »

Il prend un dossier sur une pile, l'ouvre machinalement. J'ai envie qu'il me serre dans ses bras, dans ses grands bras, qu'il ne cherche pas à comprendre, juste qu'il me berce un peu, quelques secondes, qu'il ne dise rien. Qu'il soit mes mamans, juste un instant. Avec son grand corps, ses grands bras, ses grandes jambes il peut être deux, à la fois elle et elle, Môm et Mum et toutes les mères et tous les hommes et toutes les femmes, toute l'humanité qui serait douce et tendre. Toute l'humanité qui s'aimerait et ne se ferait plus de mal.

« Est-ce que tu as été... ? »

Les larmes reviennent. Je ne me débats pas, je ne me suis pas débattue, mauvais point pour moi au procès pour viol, je ne me suis pas défendue, j'étais donc consentante. Et voilà, hop. Acquittée, Louise. Je tente une défense, mesdames et messieurs les jurés, mettez-vous bien dans le crâne que dans l'état où elle était, elle m'aurait tuée. Taratata, ce ne sont que suppositions. On sait tout, on connaît votre vie dissolue, vous avez entraîné une honorable mère de famille dans une aventure qui ne pouvait que mal tourner, on sait depuis combien de temps durait votre liaison, où vous vous retrouviez, à quelle fréquence, alors s'il vous plaît, ne nous racontez pas d'histoires avec ce viol imaginaire.

« Swany, est-ce que tu as été violée ? »

C'est vrai, je ne me suis pas débattue, je l'ai laissée faire, je ne sentais rien. Je le savais, c'est tout.

Je prends une profonde inspiration, la tête me tourne. Je dois me regarder en face, accepter les mots, accepter que ce qui s'est passé est un viol, une maltraitance d'une femme par une femme, je dois accepter, juste dire oui, c'est tout, juste oui. Il recommence, patient et déterminé :

« Swany, est-ce que tu as été violée ?

— Oui, oui, oui. Oui... mais... »

Je dis trois fois oui. Je dis oui, mais. Luther est bouleversé. Il secoue la tête.

« Qui t'a fait ça ? »

Je ne peux pas, je ne peux pas dire qui, dire pourquoi, dire comment, dire avec quoi, mais Luther, affûté comme une guillotine, est trop intelligent pour ne pas avoir déjà compris. Il croise les mains sous son menton avant de dire d'une voix douce, une voix qui ne croit pas elle-même ce qu'elle raconte :

« C'est *elle* qui t'a fait ça ? »

Cette fois je ne peux pas la sauver, mais je ne l'accablerai pas, je ferai tout pour qu'elle n'écope pas de la peine maximale.

« Oui, c'est elle.

— Mais... comment une femme peut-elle en vio... pardon mais... oui, bien sûr... je suis con !

— Elle a pété les plombs, c'est de ma faute. Mais ça va s'arranger, je demanderai ma mutation… c'est de ma faute… et puis ce n'est pas si grave… c'est Louise, elle est tellement… imprévisible. Au début de notre histoire, c'est moi qui l'ai allumée. Enfin, tu vois, je… je savais, je l'observais, je voyais que c'était dans l'ordre des choses et… c'est arrivé. Elle me plaisait.

— Putain, j'y crois pas ! Comment t'as fait pour l'avoir ? J'ai tout essayé moi !

— Ne me fais pas rire, ça me fait mal ! Mon pauvre vieux, tu ne sais pas y faire ! »

Ces plaisanteries ne sont là que pour circonscrire le malaise. Pour ne pas aller plus loin dans l'histoire. Je veux que Luther oublie. Moi, c'est une autre histoire.

« Pourquoi est-ce que ça tourne mal entre vous ? Je ne comprends pas. Vous pouvez tirer un coup tranquillement sans effusion de sang, ni vu ni connu, personne n'est au courant ici, sinon j'en aurais entendu parler. Donc, où est le problème ? C'est elle ? C'est toi ? »

Je fais oui de la tête. Moi.

« T'as quelqu'un d'autre ?

— Oui et non.

— Ah putain de bordel ! Vous êtes trop compliquées les femmes ! Vous ne pouvez pas vous envoyer en l'air sans vous étriper ?

— Moi oui. Louise non. »

Luther me regarde intensément. Je ne sais pas ce que signifie son regard. J'ai l'impression qu'il pense : Celle-là, je l'avais sous-estimée, c'est un phénomène dans son genre, elle serait foutue de me piquer ma femme ! Il se lève brusquement.

« Bon, lieutenant, on n'a pas que ça à faire, la mort continue, on a une autre vieille… »

Il se reprend :

« On a un autre meurtre de vieille dame. Comme la première, tu vois le genre… dans le même secteur. »

En effet, je vois. Je ne vois que ça, la pauvre victime de marbre éclatée sur le parquet et je vois le pistolet sur l'oreiller et Louise qui tremble de colère. Je vois tout en même temps dans une superposition kaléidoscopique d'images.

« Ça a donné quoi l'ADN du cheveu ? Je demande ça pour échapper aux images et aux sons qui me poursuivent.

— Encore trop tôt pour avoir un résultat, après on vérifiera avec la base de données, et je serais bien étonné que ça matche… aucune trace de sperme… le type qui a fait ça… ou les types…

— Et si c'était une femme, des femmes ?!

— Swany, tu es sérieuse ? »

Non, je ne le suis pas mais… toutes ne sont pas des anges… je suis bien placée pour le savoir, j'imagine des junkies au rimmel dégoulinant, aux collants troués, shootées aux dernières saloperies, en train de s'acharner sur une vieille sans défense pour lui extorquer le code de sa carte bancaire ou l'endroit où elle a planqué l'alliance de feu son époux, la timbale en argent du fiston, ou la chaîne de sa communion si fine qu'on n'en tirera pas de quoi se payer un joint !

Luther contourne le bureau. Il vient poser sa grande main chaude sur mon épaule.

« Tu n'auras pas besoin de demander ta mutation, tout va s'arranger, je crois que vous n'aurez plus le temps de penser à vous rouler des pelles ou à vous foutre sur la gueule. Allez go ! »

On voit bien qu'il ne connaît pas Louise comme moi, Louise pourrait faire l'amour entre deux coups de feu.

L'air furieux, soudain, lorsque nous sommes assis dans la voiture, il dit, le regard fixé droit devant lui : « Quel monstre ! Tout de même, je n'aurais jamais imaginé que… Louise… » Il ne finit pas sa phrase. Je pense : Moi non plus.

On met la lumière bleue et on fonce. L'appartement de la victime a été fouillé. Placards ouverts, tiroirs renversés, matelas retournés. Cache-t-on toujours des magots entre sommier et matelas ? Les voleurs le croient sans doute et c'est peut-être vrai. Qui a appelé la police ? Sa fille qui tentait de la joindre au téléphone depuis la veille. Cette grand-mère-là avait de la famille, des enfants, des petits-enfants dont les photos parsèment murs, étagères et guéridons.

Les spécialistes de la mort violente sont sur place, photographes, tournoyeurs de plumeaux, releveurs d'empreintes, renifleurs de sang frais, poseurs de marqueurs numérotés à la place des indices et des cadavres. Les porte-civières attendent que le légiste en termine avec ses premières constatations. Luther me demande si ça va, l'air de dire que je ne suis pas obligée de voir ça. Trop tard, j'ai vu. La tête sagement posée sur son oreiller de sang, la vieille dame semble juste assoupie et, aussi bizarre que cela paraisse, souriante. Comme si elle s'était endormie sur une bonne nouvelle. Comme si elle n'avait pas été violentée – pourtant sa chemise de nuit est relevée sur ses cuisses *quelle misère* et le légiste dit *apparemment pas de sperme*, il dit *objet contondant quelle misère il y a des blessures de défense sur les avant-bras*, il dit *on dirait, mais oui, sans doute, de la peau sous les ongles quelle misère, une chance d'ADN quand même, mais alors pourquoi sourit-elle ?* Le légiste accroupi manque de basculer en arrière, pas eu le temps de perdre du bide depuis ma première victime, lui en a sans doute vu d'autres et peut-être de plus amochées, dans des circonstances plus effroyables, il y a sans doute bien pire que ce que je vois mais j'en ai marre ! On te l'avait bien dit, Swany, que tu n'avais rien à faire dans la police ! D'accord, c'est vrai, pourtant voilà ce que je pense, je vais trouver ces fils de pute ! C'est le boulot d'au moins une tripotée de fins limiers, oui, sans doute, mais moi toute seule, fils de pute, je vais vous trouver !

11.

Luther et moi on s'est quittés après avoir bu une bière, étrangement silencieux tous les deux. Je le voyais hocher la tête en réponse à ses interrogations muettes. On ne pouvait pas parler, c'était trop, tout ça, cette deuxième malheureuse, ma gueule tuméfiée, sans parler du reste… même Luther en avait gros sur la patate.

Ma bouche commence à désenfler, mais je ne peux m'empêcher de mordre ma lèvre inférieure fendue, j'ai un goût de sang dans la bouche et un nouvel hématome sous l'œil gauche.

Je me suis tartiné le visage, en vitesse, d'une épaisse couche de fond de teint. Direction les Diaconesses. En route, je m'arrête dans un Franprix, il me faut des croquettes pour le chat, je prends ce que je trouve, pas casher, bien sûr ! Une pizza pour moi et des bonbons pour Bella

Dès qu'elle me voit, Bella ébauche un sourire qui vire à l'effroi :

« Swany ! Aïe bon Dieu, grande sainte Anne, qu'est-ce que t'as fait ?

— Rien, juste un petit accident…

— C'est pas avec tes *maniguettes*[1] que tu vas m'endormir ! Un petit accident ! Ça ressemble à des coups dans le pif. Mais il a rien ton pif ? Oh, Swany, qui t'a fait ça ?

— Un accident, je te dis, à Montparnasse, il y a eu une bousculade. Je me suis retrouvée expédiée contre un pylône. »

Je me penche pour embrasser Bella qui ne croit pas un mot de ce que je raconte :

« Une bousculade à Montparnasse ! Ne me prends pas pour une chèvre et dis-moi qui t'a arrangée comme ça. Heureusement que ton amoureuse n'est pas là ! »

Bon Dieu, grande sainte Anne ! c'est comme si une lame brûlante me tranchait le cœur.

« Bella, dis-moi où elle est. Je n'en peux plus moi…

— Mais je n'en sais rien moi poulette. Elle reviendra bien. Elle est pour toi, c'est la vérité. Alors, tu attends. Et en attendant, tu devrais peut-être éviter les mauvaises rencontres. Mais dis-moi, t'es flic ou t'es pas flic ? Sainte Vierge, tu dois savoir te défendre ! »

Et tout à coup, comme si elle avait la réponse que je me refuse à lui donner, Bella roule des yeux effarés avant de s'exclamer :

« Non ?! Ne me dis pas que c'est ta commissaire ! Une femme qui baise avec toi ! Une femme qui

1. Artifices pour amadouer quelqu'un.

t'aime ? Elle te massacre comme ça ? Mais nom d'une vierge folle, c'est pas possible ! »

Si Bella, c'est possible et je ne le savais pas. Mais toi, Bella, toi, tu en as vu d'autres, toi, tu as entendu les Tontons macoutes tuer ton père et ta mère, violer les femmes et les enfants, alors tu pourrais entendre que la femme qui m'a frappée, *ma femme*, m'a violée, tu pourrais, et moi j'expulserais jusqu'en Laponie l'arme fatale de son crime, je cracherais mes dents et mon sang, la salive de sa bouche, la pulpe de ses lèvres, je te dirais les mots que je ne peux dire à personne.

Bella me regarde intensément.

« Ça va pas toi… Quand on va rentrer à la maison, mon chou, on va s'occuper de cette affaire ! Raconte-moi ce qui s'est passé. Ah, non, ne me dis rien, laisse-moi deviner, elle sait que tu l'as trompée et elle est jalouse, d'une jalousie mortelle, Swany chérie. Et d'abord… comment elle a su ? Ah, ne me dis rien, elle l'a su au fond d'elle-même ; forcément, une femme qui t'aime ne peut pas ne pas savoir, ne pas sentir ces choses-là… Et alors ma pauvre fille, le mal s'est emparé d'elle, elle est possédée et elle te dépossède de toi, de ta joie, de ta force, elle te brise. Elle te tuera, Swany, il faut la briser avant.

— Bella, calme-toi, tu vas faire monter ta température. Je vais y aller… Je t'avais apporté des bonbons, mais d'après ce que je sais, tu dois jeûner encore quelques jours.

— Trois jours que je ne bouffe rien ! Tiens, regarde. »

Elle me montre son ventre. Plus que deux bourrelets !

La cicatrice est bien là, toujours là, mais elle me paraît moins imposante. Bella a surpris mon regard :

« Tu regardes ça ? »

Je hoche légèrement la tête, un peu gênée.

« Bah, c'est de l'histoire ancienne, une blessure d'amour, comme toi, là. (Elle désigne mon visage tuméfié.) Elle t'a arrangée cette folle ! »

Et, sans transition, elle ajoute :

« Bon Dieu ce que j'ai faim !

— J'ai des croquettes, si tu veux. »

Le rire cascadant de Bella remplit la chambre, réveille la malade qui somnole dans le second lit.

« Au sujet des croquettes… c'est grave si le chat ne mange pas casher ? »

Le rire de Bella éclate pour la deuxième fois et sans doute s'est-il faufilé sous la porte pour dérouler ses notes surprenantes le long des couloirs, jusqu'au local des infirmières car voilà que déboule une soignante revêche qui nous menace d'expulsion. Oui, toutes les deux !

J'ai tenté une diversion avec les croquettes pour détourner l'esprit de Bella de la personne de Louise, maintenant j'ai hâte de quitter cette chambre et cet hôpital, de retourner chez Yaël, de m'enrouler dans notre drap, avec notre chat.

« Ils sont dingues avec leur casher, lance Bella alors que je m'apprête à partir, et les autres avec leur hallal ! C'est du pareil au même ! Laisse-moi rire tiens, laisse-moi rire ! »

Je laisse rire Bella, je l'embrasse, je m'enfuis. Son rire me poursuit jusque dans le couloir.

Dans le métro, je me mets à psalmodier le nom de Yaël, Yaël, Yaël, Yaël, et je vois des gens qui me regardent en coin, je me retiens de pleurer en me balançant devant le mur des Lamentations de notre amour. Yaël, je t'emporte dans ma bouche, tes mains sur mon corps, tes yeux qui me bouleversent, dis-moi que je suis toujours dans tes yeux, que j'y suis prisonnière, que tu ne me laisseras jamais dépasser l'ombre de tes paupières. Je me balance, les yeux fermés, ton nom libère dans mon sang l'acidité et le miel de ses secrets. On étouffe dans ce métro. Je déboutonne ma veste, mon arme apparaît un instant attirant le regard d'une femme assise en face de moi. Elle scrute discrètement mon visage, j'avais oublié ma gueule cassée, ma minerve. J'essaie un sourire rassurant. C'est fou les capacités de notre faciès à exprimer un sentiment, une sensation, une connivence, pratiquement sans mouvement, par un indicible et indescriptible frémissement. C'est dans le regard, sans doute. La femme comprend. Je suis un flic qui a payé de sa personne pour la protection du citoyen. Elle me sourit. Je lui réponds dans ma tête : Je ne protège personne. Je n'ai pas protégé la vieille morte de la rue Marcadet, je n'ai pas protégé la vieille morte qui souriait, de la rue Ordener ; quelque part au milieu de l'horreur, elle a dû rencontrer un ange, ou alors elle savait que je viendrais et que je lui rendrais justice ! C'est ce que je vais faire, rendre justice.

Pour commencer, tournée d'inspection chez Bella. Quelque chose m'y pousse que je ne m'explique pas. J'ai pris son courrier dans sa boîte aux lettres. Rien dans la mienne. Dès que j'ouvre la porte je renifle une odeur inhabituelle, alcool, tabac froid, plus quelque chose d'indéfinissable entre le mauvais parfum et les chaussettes sales. Je vérifie les fenêtres, le gaz, les interrupteurs, je vais dans la chambre et horreur malheur je vois la Vierge bleue couchée au milieu des offrandes, des colifichets et des bouteilles vides. Je me demande si je peux y toucher sans risquer d'être changée en statue de sel. Je ne voudrais pas qu'à son retour Bella tourne de l'œil. Je tends la main vers Erzulie, mais je me ravise, on ne touche à rien sans gants ! C'est le métier qui rentre. Je ne sais pas s'il manque un cœur doré parmi ceux qui entourent la divinité. Y en avait-il un en or ? Je regarde sous le lit au péril de ma vie. Lorsque je me redresse, je vois que les tiroirs de la commode de Bella sont légèrement ouverts, si légèrement que seul un œil averti peut être interpellé par ce détail. Un œil de policière aguerrie. Je ne touche toujours à rien. Et puis… et puis je me dis que je suis complètement barjot, que dans la précipitation de son départ pour l'hôpital, Bella a sans doute renversé Erzulie, mal refermé ses tiroirs, tout en fumant une clope, et en buvant un dernier verre. Bella ne fume pas, je n'ai que la moyenne. Je quitte la chambre. Tout est en ordre dans le salon. Au moment de sortir, un dernier coup d'œil au neveu, à sa sale gueule de Tonton macoute !

Tiens ?! Où est-il passé ? Le neveu n'est plus sur le buffet.

Le *hum, hum* de Bella se forme dans ma bouche, sous mon palais, au niveau des fosses nasales et vibre à peine audible entre mes dents. Elle a dû fourrer le cadre dans sa valise pour ne pas partir seule.

12.

Sur le palier, entre la porte de Bella et la mienne, je reconnais le parfum de Yaël, mon cœur s'emballe. La surprise va me faire exploser, il y aura de la chair et du sang partout. La scientifique viendra avec sa lumière bleue et ses balayettes. Je m'élance dans l'escalier, j'avale les marches, je me retrouve au troisième. Un, deux, trois, je sonne, quatre, cinq, six, je me barre, sept, huit, neuf, je suis encore là, la main levée, dix, onze, douze, je ne peux plus reculer, je frappe, je sonne, je sonne, je frappe. J'entends du bruit, le chat qui vient miauler derrière la porte et des pas qui se rapprochent. Je réalise que je ne suis pas présentable avec mes tuméfactions, mon œil à moitié fermé. Qu'il va falloir donner des explications, mentir sans doute. Puis-je dire la vérité à cette femme avec qui je vais partager ma vie ? La dire, c'est avouer que je n'ai pas su l'attendre, elle que j'aime plus que tout. Je m'apprête à fuir. La porte s'ouvre. Je tangue dans un océan de misère, de honte, de bonheur. Yaël apparaît. La tête légèrement baissée, elle termine de croiser sur son corps son peignoir de bain. Le chat vient se frotter contre mes jambes, pendant que sa maîtresse, muette, la bouche entrouverte, me regarde, stupéfaite. Je marmonne :

« Je venais pour le chat, j'ai acheté des croquettes. »

Sans doute pense-t-elle que je lui sers du chat pour la deuxième fois. Pas vraiment original. Un fin sourire éclaire son visage. *Mon Dieu que je t'aime ! Tu ne peux m'aimer comme je t'aime, tu ne pourras jamais.*

Elle m'entraîne à l'intérieur avec le chat qui pique un sprint jusqu'au bout du couloir. Je lâche le sac qui contient celui de croquettes, la pizza, les bonbons de Bella. Le peignoir de Yaël s'ouvre. Je suis dans le coaltar.

« Je ne savais pas que tu étais rentrée. Je me suis arrêtée chez Bella pour voir si… tu sais qu'elle est à l'hosto ? Je venais faire manger le chat.

— C'est une chatte, elle s'appelle Greta.

— Tu sais on dit le chat, les chats, comme on dit… oui bien sûr c'est une chatte, je le sais, mes parents en ont trois. Tu ne m'apprendras rien sur les chats ! »

Elle pose un baiser sur ma bouche, chut… puis ses mains sur mon visage, doucement comme un aveugle promène ses doigts sur une sculpture ou sur une tête de vivant pour en mesurer la forme, les contours, la douceur. Elle rencontre ma douleur. Aïe. Ça te fait mal ? Oui. Je suis dans tes yeux, j'y suis toujours prisonnière. Jusqu'au bout de ta vie, gardemoi.

« Parle-moi », dit-elle. Elle ressent ce trop-plein d'amour en train de déborder, et ma honte de lui présenter cette gueule de femme battue. Je ne peux pas parler. Je n'ai rien à dire, là, sur l'instant. Je suis ligotée dans notre première nuit. Et j'agonise dans le piège de Louise. Brisée en mille morceaux. Mes yeux errent sans but sur son corps. Je titube. De fatigue, d'amour. Il y aura trop de mots à dire, trop de mots à taire, trop de murs à franchir, trop d'explications, trop de mensonges. De reproches. *Tu es partie sans dire un mot, ah oui, juste un bout de papier ! Rien où te joindre, rien.* Elle dit doucement : « Viens. » Je connais le chemin. Je dis : « J'ai dormi ici, avec Greta. » Elle sourit. Ses dents si parfaites, je les veux, je veux ses lèvres, elle déboutonne ma veste, mon pistolet fait le dos rond dans son étui sur mon flanc gauche. Elle écarquille les yeux, a une sorte de haut-le-corps.

« Qu'est-ce que… ?

— Non, je ne suis pas Al Capone, je suis flic… c'était dur aujourd'hui, très dur. »

Elle accuse le coup, je lis dans ses yeux : flic, avis de tempête. Lentement, avec des gestes d'une légèreté et d'une douceur inouïes, elle extrait le pistolet du baudrier, le pose sur le sol, précautionneusement, comme on le voit faire dans les films lorsque le truand en mauvaise posture finit par céder à l'injonction : Pose ton arme !

Moi, je pose mon âme sur ta peau. Partons. Ta peau, mon âme, ton corps, le mien. Partons dans les verts pâturages, roulons-nous dans la luzerne, dans les blés tendres, dans les pâquerettes. Voulez-vous prendre pour épouse, je te prends, je t'épouse, dans la joie, dans la peine, jusqu'à la mort. Elle me dirige vers le lit, me renverse, murmure à mon oreille les mots de sa tendresse, de son absence, de son retour, de notre vie future quand je lui aurai tout raconté, c'est ce qu'elle veut, les mots de tous ces jours sans nous, les mots du désastre qui me tient lieu de visage, les mots de notre avenir commun. Ne sait-elle pas qu'elle est juive ?! Que rien ne sera possible, que nous allons nous désintégrer en vol, qu'ils ne voudront pas, qu'elle ne pourra pas, ou alors, elle est juive pour rire, juive en souvenir de ses ancêtres, juste reliée par un fil ténu à leur communauté. Sans engagement, sans Yahvé. Oui mais, les croquettes casher ! C'est pas bon signe, non, vraiment pas. C'est de l'orthodoxie pure et dure ! Des croquettes casher ! Faut que j'aille voir sur Google comment sortir de ce piège que les religions tissent autour de nous, inexorablement, depuis des siècles.

Elle place un oreiller sous ma tête. Elle me dévêt lentement avec mille précautions.

« Ma minerve, enlève-la.

— Qui t'a fait ça ? »

Vite, trouver une explication plausible. Une interpellation musclée, une intervention qui a mal tourné. Je secoue la tête, oh, à peine, je ne suis pas encore opérationnelle, je finis par dire que je ne peux pas le dire.

Elle chuchote à mon oreille : « C'est un bien grand secret alors, mais je ne crois pas qu'il doive y avoir de secrets entre nous, à partir de maintenant, plus aucun secret. »

Elle pose sa bouche sur la mienne, ne me laisse pas le loisir d'enrouler ma langue autour de la sienne, elle s'éloigne, elle revient, dix fois, mille fois, comme un supplice chinois, j'entrevois le mystère au centre des ténèbres, elle poursuit son travail de sape, mon corps s'exaspère à chacune de ses dérobades, je sais qu'il n'y aura pas de galop, pas d'emballement, pas de ruades, pas de folie furieuse, nous n'échangerons pas nos organes, nos os, nos muscles, nos tendons, elle me protège puisque je suis cassée, puisque quelqu'un m'a cassée. Il y aura seulement le suc de nos bouches, de nos désirs, du plaisir qui s'annonce, de celui qui s'enfuit. C'est le prix de mon silence.

Elle m'abandonne sur le lit avec ma faim d'elle inassouvie, mon désir à fleur de peau. Elle disparaît. Elle revient, me frôle, je vais hurler, me jeter sur elle comme un fauve en rut.

« Qui t'a fait ça ? »

Cette fois je ne peux plus me taire. Je vais tout déballer, en vrac, Louise, le corps de Louise, la douceur de Louise, la beauté de Louise, la jalousie de Louise, la violence de Louise, les vieilles dames assassinées, battues, violées, et Môm et Mum, laquelle est papa, laquelle est maman, laquelle est Adèle, laquelle est Delphine, laquelle me manque déjà parce que quelque chose ne va pas, quelque chose se prépare, arrive lentement, mes mamans d'amour, mes amoureuses qui vont se marier, et ce pistolet sur mon front, et le même glissé en moi. Le viol est une arme de guerre, le viol avec arme est une arme de destruction lente. Je me délite lentement. Yaël se couche sur moi. Peau à peau, pore à pore, millimètre par millimètre, ta sueur se mélange à la mienne, ta bouche boit mes larmes. Je n'ai déballé que Louise, une petite partie de Louise, une partie édulcorée, Yaël le sait, elle insiste :

« Elle t'a frappée… tu ne t'es pas défendue ? »

Je hausse les épaules comme je peux sous le poids de son corps si léger pourtant et de ma trahison. Elle s'éloigne, elle va me rejeter, tout sera bien trop compliqué pour nous, son shabbat du vendredi, le mariage de mes mères, Louise qui ne lâchera jamais ; même si je quitte la police, elle me poursuivra. Je dis :

« On ira en Sibérie si tu veux, c'est tellement beau, elle ne nous retrouvera pas.

— Oui, on ira où tu voudras quand tu voudras, mais d'abord il faut tout me dire.

— Elle a commencé à me frapper avant… *ça.* (Je montre les contusions de mon visage.) Elle n'avait pas encore vu le mot que tu m'as écrit, elle ne savait pas…

— Comment a-t-elle su que j'existe ?

— Bella dit qu'une femme sent ces choses-là.

— Oui, c'est vrai, moi aussi je sens qu'elle existe, dit Yaël avec une pointe d'amertume.

— Tu l'as senti lorsque tu étais ailleurs ? »

Elle dit simplement oui, sa bouche dans mon cou.

« Louise, c'était ma vie avant toi. Et maintenant c'est une autre vie.

— Oui, c'est une autre vie et je veux tout, je te veux avec ce qu'elle t'a fait, les mots exacts, les mots, Swany, tu dois les dire, il ne suffit pas que je comprenne, tu dois me les dire. Comment est-ce arrivé ?

— Tu es partie sans rien me dire… Bella m'a donné ton mot, on est allés prendre un verre avec le capitaine et Louise, c'est là qu'elle a trouvé le mot.

— Où ?

— Dans ma main. Je le serrais dans mon poing. Elle n'a rien dit, elle est rentrée chez elle, et moi, pour le week-end, je suis partie voir mes mères dans les Pyrénées. Je ne savais pas où tu étais, j'étais perdue sans toi. À mon retour… elle m'attendait… à l'hôtel…

— Vous alliez à l'hôtel ?!

— Elle a complètement disjoncté. Elle m'a tabassée avec ses poings et après… elle a fait ce qu'elle a voulu, le pistolet était posé sur l'oreiller, je n'ai pas résisté, ma vie ne tenait qu'à un fil.

— Qu'est-ce qu'elle t'a fait ? »

Livide, Yaël se penche sur mon visage.

« Qu'est-ce qu'elle t'a fait ? »

Enfin je peux lâcher toutes les larmes de mon corps, enfin je peux me laver de la honte. Je dis :

« Je sais ce que c'est, l'état de sidération, maintenant…

— Tu dois dire les mots, tu dois me les dire ! »

Je fais le vide, je me vide de ma peur, de Louise, de ce viol avec *arme par intention.*

« Elle m'a pénétrée sans mon consentement, et sans opposition si c'est ce que tu veux entendre, j'étais à moitié consciente, à cause de ses coups, elle m'a violée… avec ce qu'elle avait sous la main. »

Yaël cache sa bouche avec ses doigts. Puis elle relève mon visage en poussant légèrement mon menton vers le haut. Nous restons les yeux dans les yeux un long moment, l'accent de la cime est tombé dans l'abîme, je me pose sur tes cils, je creuse un tunnel dans ta pupille, au bout je vois le soleil, c'est ton âme. Tu poses ta tête entre mes seins, ta main descend sur mon ventre jusqu'à l'endroit de la profanation. De cette main qui tremble de colère et d'amour tu fais à mon sexe une armure, une protection que tu veux inviolable.

Nous gisons sur le dos, sa jambe accrochée à la mienne.

Au bout d'un long moment dans le silence seulement rempli de nos respirations, Yaël tourne sa tête vers la mienne.

« Swany, veux-tu m'épouser ? »

Je dis oui, et tout recommence, on se boit, on se mange, on n'avale aucun morceau, on se balance, on se berce, on n'en peut plus de tant de béatitude.

« Oui, mais, dis-je, au bout d'un long moment dans ce petit jour miraculeux, si je n'étais pas venue, si je n'étais pas montée au troisième, serais-tu venue me chercher, toi ? Tu ne réponds pas ? Yaël ?

— Je suis venue, dit-elle d'une voix à peine audible, tu n'étais pas… »

Je n'étais pas ? Quoi ? Où ?

Je me penche sur Yaël jusqu'à effleurer sa bouche qui réagit comme si une mouche s'était posée sur ses lèvres. Elle se retourne et s'endort profondément, sur le ventre.

13.

J'ai donné au chat des croquettes non casher, j'ai jeté la pizza à la poubelle, j'ai écrit mon numéro de téléphone sur le miroir de la salle de bains avec un tube de rouge à lèvres trouvé dans un tiroir et je suis partie avec le sentiment d'avoir déjà vécu cette scène, et en effet, je l'avais déjà vécu, ce départ. Yaël endormie sur le ventre et Yaël disparue… Cette fois-là, je n'avais pas écrit mon numéro sur le miroir avec ce mystérieux bâton de rouge.

Je ne peux m'empêcher de retourner chez Bella. Quelque chose me turlupine et je ne sais ce qui m'interpelle le plus des tiroirs entrouverts, d'Erzulie renversée, de l'absence de la photo du neveu ou de l'odeur inhabituelle qui stagne encore dans les pièces. Pourtant, après quelques instants, hormis cette odeur, plus rien ne me paraît vraiment anormal. C'est toujours comme ça. On imagine, on imagine, et au bout du compte, rien. Mes intuitions sont sans doute téléguidées par la nécessité de mettre la main sur les *présumés innocents.*

J'essaie de ne pas penser à ce qui va se passer lorsque je vais me retrouver nez à nez avec madame la commissaire. De loin, je vois sa voiture garée à sa place habituelle. Elle a donc repris le travail, après un arrêt de deux jours pour *indisposition passagère.* Barre-toi, me conseille mon cœur qui se déchaîne dans ma poitrine. Mes jambes n'écoutent ni mon cœur ni ma raison. Je fonce jusqu'à mon bureau. La porte de Louise est grande ouverte. Elle me voit. Première confrontation publique depuis *ce qui est arrivé.* Je n'aime pas son esquisse de sourire narquois.

« Mon Dieu Swany, que vous est-il arrivé ?

— Euh, rien madame, je… je suis tombée.

— Eh bien, vous ne vous êtes pas ratée ! »

Un moment plus tard :

« Swany, vous voulez bien m'apporter un café ?

— Oui. Oui madame. »

Elle me dit de m'asseoir. J'essaie de ralentir le rythme endiablé de mon cœur. J'y parviens plus ou moins. Je m'attends à ce qu'elle m'annonce ma mutation ou la sienne, quelque chose de définitif.

« Tu as mis de la glace ? »

Je ne comprends pas immédiatement de quoi elle parle. Je suis désormais dans un autre monde, le monde de Yaël. Le monde de nos fiançailles ou personne ne dira : *Faut que j'y aille !* La demande officielle de Yaël : *Swany, veux-tu m'épouser ?* me replonge dans un état de douce euphorie. Ça l'air idiot comme ça, *Swany, veux-tu m'épouser ?*, mais c'est la phrase la plus incroyable dite par une femme à une autre. La phrase la plus douce, la plus extravagante, la plus délicieuse, la plus triste, la plus précieuse, la plus stupide, la plus étincelante, la plus sensuelle. Mais je reviens sur terre, sur la terre de Louise qui va tenter une manœuvre.

« Ah ! Ça ? Oui. Ça va mieux.

— Je n'étais pas dans mon état normal, je regrette… »

Je fais oui de la tête et tout à coup, c'est comme si je recevais son poing dans la mâchoire. Je ne vais pas l'aider à se répandre en excuses, à invoquer le stress, on avait dit pas de chantage, pas de menaces, pas de cris, pas de larmes, on s'envoie juste en l'air parce que c'est la vie et que nos corps s'attirent. On s'est trouvées, par accident ou par nécessité, on ne cherchait pas midi à quatorze heures, on prenait ce qui venait, mais Louise en voulait toujours plus et je lui donnais toujours plus parce qu'elle le valait bien. Parce que ses mains, ses bras, ses jambes, ses yeux et même sa fragilité derrière sa violence. Parce qu'elle m'attirait (m'attire ?), sans projets et sans promesses. Mais elle a trahi le pacte, elle a déchiré le contrat en mille morceaux coupants comme des lames de rasoir, éparpillés dans ma mémoire, mon inconscient et que sais-je encore, pour me hacher menu jusqu'à ce que je ne sois plus qu'une bouillie dégoûtante.

« On pourrait aller prendre un verre, si tu veux… »

Non, je ne veux pas, mais je réponds :

« Oui, si tu veux. » Je suis faible ou folle, ou les deux. Je ne sais pas ce que je suis mais ne va pas croire que je signe ma reddition, je veux juste que tu me lâches, simplement, sans menaces et sans cris, alors oui, on ira prendre un verre, on scellera officiellement la convention de notre rupture. Chacune ira de son côté. Au moment où je sors, j'entends : « Je quitterai(s) tout pour toi. » Un frisson me parcourt le dos, les cheveux de ma nuque se hérissent. Je ne sais pas si elle a mis un *s* à *quitterai*, s'il y a une condition ou si sa décision est prise, irrévocable, s'il s'agit d'une promesse ou d'une prière. J'ai du mal à marcher, mes jambes flageolent. Louise ne s'avoue pas vaincue. Je sens la sueur qui coule sur mes tempes. Luther me fait signe de le suivre en m'interrogeant du regard, curieux de savoir comment ça s'est passé avec Louise. Cette diversion dans la routine des paperasses ou dans celle des enquêtes semble l'exciter. Mais je devine dans l'intérêt qu'il porte à notre histoire mouvementée son désir de me protéger des agissements du « monstre ». Je lui dis :

« Elle veut aller prendre un verre.

— N'y va pas.

— Trop tard, j'ai dit oui.

— Viens, on fait un saut à la morgue. Dépêche, on ne dit rien à Louise. »

Luther attend des experts de la scientifique, qui, soit dit en passant, ne semblent pas passionnés par les crimes commis sur des vieux, qu'ils se bougent un peu les éprouvettes et accélèrent le mouvement en apportant des réponses claires à des questions qui ne le sont pas moins. Le fameux objet contondant a-t-il défoncé les deux crânes, par exemple ? Difficile à dire sans être en possession de l'objet. L'absence de sperme est-elle confirmée dans les deux cas ? Ah ça, quand même, c'est facile. Lésions vaginales, oui ou non ? Une réponse positive à chacune de ces questions nous ferait sans doute progresser dans la compréhension du profil du ou des coupables.

Les enquêtes de voisinage n'ont pas donné grand-chose ; c'est tout de même incroyable, tous ces gens qui fourmillent autour de vous, qui déclarent, souvent sans un mot, avec juste un non de la tête, confirmé par une moue dubitative ou dédaigneuse, n'avoir rien vu, rien entendu… Imbéciles robots qui ont perdu tout sens commun. Crétins des Alpes, résidus de moules à gaufres ! On y retournera encore et encore, ils finiront bien par lâcher : *Vous dites quelle date ? Ah mais oui, je crois bien avoir entendu crier…* Pour l'instant, les empreintes ne donnent rien non plus. Elles n'ont pas parlé, elles sont comme les voisins, discrètes. On attend la vidéo de la banque où a été effectué un retrait avec la carte bancaire de grand-mère Marcadet peu de temps après l'heure présumée du meurtre. À tous les coups, on verra un mec à capuche, autant dire qu'on ne verra rien. Bref on patauge. Au grand dam de Luther, persuadé cependant qu'il y a trop de similitudes, du moins en apparence, entre les deux crimes, pour qu'elles soient le fruit du hasard. Attendons la troisième pauvre victime d'ores et déjà sacrifiée sur l'autel de notre incompétence, du manque de moyens, de la fatalité. Et de la loi des séries. Cela dit sans cynisme. Dans l'hypothèse où il s'agirait d'un dangereux psychopathe, on sait bien qu'il y aura d'autres victimes, à moins qu'on arrive à le coincer avant qu'il ne zigouille la suivante. Auquel cas, il serait toujours psychopathe mais plus tueur en série. Luther jette toutes ses forces dans cette enquête qui pourrait lui valoir un avancement. Moi, petit lieutenant sans grande expérience, je ne crois pas au psychopathe tel que les manuels le conçoivent et tel que Luther en arrive à le souhaiter. Ah bordel, un bon psychopathe bien repu du sang de ses victimes ! J'imagine plutôt des branquignols sans foi ni loi, aux neurones complètement ratatinés par les amphètes, prêts à tout pour se procurer de l'argent. Et où trouver facilement liquidités, alliance, chevalière et gourmette de feu le conjoint, cartes bancaires et, en passant, quelques billets tout neufs, sinon chez de vieilles dames seules dont il suffit d'observer patiemment les habitudes ? Contrairement à Luther qui voit grand, mon ambition se résume à arrêter non le tueur du siècle, pâlotte resucée de Jack l'Éventreur, mais le sale petit naze, détrousseur de mémés, sadique décervelé à l'âme noire comme ses dents pourries, maniant l'objet contondant comme une paire de nunchakus.

En route, Luther n'arrête pas de se tourner vers moi comme s'il devait rédiger un rapport sur l'évolution de mes hématomes.

« Ça va mieux hein ? Qu'est-ce que tu vas faire ? Crois-moi, si tu cèdes, tu es foutue. Tu sais ce que c'est, on prend un verre, on finit dans un lit. »

Je me tourne vers lui et dis :

« Yaël est revenue.

— Yaël… ? Ah, elle s'appelle Yaël, donc… et alors ?

— Je vais démissionner. Pas tout de suite mais… je pressens que ce sera invivable avec Louise. Elle dit qu'elle quitterait ou quittera tout pour moi…

— Foutaises !

— Yaël et moi on va se marier.

— Bordel !

— Quoi ?!

— Vous marier ? Ah ouais, le mariage pour tous, bordel !

— Tu sais, ça peut se faire discrètement, sans rien dire à personne.

— Bordel !

— J'ai pensé à toi comme témoin.

— Ah, mais oui ! J'accepte ! Je veux voir ça ! Swany, acceptez-vous de prendre pour épouse… non, sérieux ? »

Il éclate de rire et je remarque que son rire ressemble à celui de Bella.

On arrive au centre médico-légal. Dès le premier pas à l'intérieur du palais de la découpe, je reconnais la deuxième victime, allongée sur la table de dissection, toujours souriante alors qu'une légiste s'affaire autour d'elle comme si elle s'apprêtait à confectionner un petit plat de rognons au cognac. *Une* légiste. Ce coup-ci vous y avez droit. Elle a un regard déshabillant. Déstabilisant. Chez tout être vivant, elle jauge le cadavre. Quarante-cinq ans. Environ. Une sacrée gueule. « Vous avez fait une chute de vélo ? » Première intrusion de la légiste dans ma VP. Oui, enfin non, une chute dans une bousculade. J'ai une panoplie de versions à disposition des gens bien ou mal intentionnés. Luther se racle la gorge. « Et Louise, ma commissaire préférée, comment va-t-elle ? » C'est à moi que la légiste s'adresse, sans me lâcher des yeux. Deuxième intrusion dans ma VP. Luther répond que Louise va très bien. Tout se complique. Mes oreilles se mettent à bourdonner, ce corps marbré sur le métal me fascine et me révulse. Louise me secoue, me frappe, m'étouffe, me viole encore, le pire c'est que mon dégoût se change en une sensation qui ne veut pas dire son nom. Des spasmes contractent les muscles de mon ventre. Luther fait diversion. Il pose des questions que je ne comprends pas, j'entends des réponses qui ne ressemblent à rien. Je me reprends pour écouter les conclusions. Les rapports d'autopsie, pas avant deux ou trois jours. Apparemment, toujours pas de sperme, mais des griffures et des morsures sur les bras et des lésions vaginales (enfin, les voilà !) faites avec un objet quelconque. Cause de la mort, alors ? Un coup sur le crâne. Plusieurs. Toujours cette saloperie d'objet contondant. On en trouve partout de ces trucs-là, chacun en a un sous la main dix fois par jour. Sans doute un objet métallique, relativement lourd, un marteau, peut-être. Il est rare que la mort arrive immédiatement, avec les objets contondants, il faut s'en donner, de la peine, pour achever la victime. Un coup ne suffit pas. Violée avant ou après ? Comment ? Avec quoi ? « Les réponses ne tombent pas toutes rôties », dit la légiste.

Luther m'entraîne vers la sortie. Et l'autre, la légiste en vadrouille dans les entrailles de la morte, qui dit haut et fort : « Dites bonjour à Louise de ma part. » La pute ! Elle sait pour Louise et moi !

Une fois à l'air libre, j'explose :

« Alors comme ça, personne n'est au courant ?

— Au courant de quoi ?

— Tu as entendu la légiste. Elle a demandé des nouvelles de Louise.

— Oui et alors ?

— Les mecs vous ne comprenez vraiment rien ! Elle est perfide, elle sait pour Louise et moi, elle en sait peut-être plus que moi sur Louise. Si ça se trouve, elles étaient ensemble. Avant. Eh bien qu'elle se la récupère ! »

Luther gonfle ses joues avant d'expulser un souffle qui pourrait signifier : N'importe quoi ! Ou : On s'en fout.

« Si ça se trouve ce sont des psychopathes…

— Oui, c'est ça et elles bouffent les bébés tout crus !

— Louise m'a fait tellement peur… »

Luther attrape mon bras, m'oblige à m'arrêter.

« Regarde-moi, toi ! Si tu ne me dis pas tout…

— Il y a des choses que je ne peux pas dire. Pas à toi. Pardon.

— Elle t'a menacée avec son arme ?

— Menacée, oui et… Oui, si tu veux… »

Il serre les dents. On ne dit plus rien. Au bout d'un moment, je l'entends murmurer : « Putain… »

Tout à coup, je ne sais pas pourquoi, je pense au rouge à lèvres avec lequel j'ai laissé sur le miroir de

Yaël mon numéro de portable. Yaël n'utilise pas de rouge à lèvres, pour ce que j'en sais, mais qu'est-ce que j'en sais ! Je ne vois pas pourquoi Yaël, qui ne se tartine pas la bouche de rouge, n'en aurait pas un tube dans un tiroir. Tout le monde peut avoir un tube de rouge à lèvres, exactement comme une minerve, il n'y a aucune règle, aucune loi qui empêche la possession d'un bâton de rouge. C'est une drôle de musique qui s'insinue dans ma tête. La musique grinçante des doutes et de la jalousie. Elle ne me rend pas plus tolérables les excès dévastateurs de Louise. Au contraire, elle me les rend plus effrayants. Avec Louise, on ne s'était rien promis. Même pas, finalement, qu'on ne s'entretuerait pas.

« Tu vas rentrer chez toi, me dit Luther, presque paternel, tu vas aller retrouver ta *future épouse*, d'ailleurs c'est une bonne idée, mariez-vous le plus vite possible, ça calmera Louise. En tout cas, présentement, ce n'est pas le moment d'aller prendre un verre avec elle. Je te dépose. »

On roule en silence. J'observe que Gabriel est nerveux. Sa main droite pianote sur le volant. Il sait que je le regarde.

« Je suis en colère, Swany. Elle n'a pas intérêt à… »

Il arrête de pianoter, il retrouve son calme.

Mon téléphone sonne dans ma poche. Yaël m'appelle pour la première fois de notre vie. Vous voulez que je vous dise à quoi elle ressemble, Yaël, à qui ? Elle est dans le cinéma, et je ne sais toujours pas ce qu'elle y fait, elle pourrait être *le* cinéma, l'ombre et la lumière, elle a les yeux jaune-vert, elle pourrait faire la pub pour *Gabrielle*, de Chanel, elle a les cheveux châtain clair. Mi-longs tendance courte. J'entends sa voix au téléphone pour la première fois de ma vie. Je lui dis que je rentre chez moi plus tôt que prévu, je voulais dire chez elle, chez toi, chez nous, je n'ai pas osé, on n'est pas encore en ménage, le rouge à lèvres va m'empêcher de rentrer à la maison, il plante des banderilles dans mon cœur. Merde. Je n'y arriverai jamais ! Dans ma tête tout se mélange, la morgue, la vieille, la légiste, le rouge à lèvres, à qui est-il ? Yaël me dit rapidement qu'elle rentrera tard, sans plus de détails, comme si entre nous les détails n'avaient aucune importance. Ses parents, les miens, son chat casher, les filles qu'elle a eues, le rouge à lèvres, la fête des voisins, ses jours sans moi, mes jours sans elle. Elle me dit que la clé est dans ma boîte aux lettres. Elle parle juste d'un truc à terminer, est-ce qu'elle dit « point final », ces mots-là ? Pourquoi ? À propos de quoi ? Une histoire à régler… Le choc, une nausée comme un éclair qui zèbre mon corps. J'ai la poitrine en feu, Luther fronce les sourcils.

« Dis donc *bouchon*, je ne t'ai jamais vue comme ça. Il va falloir te calmer là, hein ?

— *Bouchon ?*

— Ben oui. Bouchon. Ça te va bien. »

Yaël a parlé d'un truc à terminer. Je peux imaginer, sans plus. Je ne sais rien. Avec Yaël, on s'est livrées l'une à l'autre, chair et sang, eau et os, bave et larmes. On s'est raconté nos corps, nos désirs, notre alphabet d'amour, pas notre vie. On a peut-être tout fait à l'envers. On est allées si loin qu'on n'a pas de billet de retour, ça n'existe pas. On ne peut pas revenir, on ne revient jamais d'un tel amour, on se croit en vie, on est mort, on ne ressemble plus à rien, on n'a plus d'air dans les poumons, on ne peut vivre qu'en bouche à bouche, on n'en a jamais assez de l'enchevêtrement des membres, de l'échange des sucs. Elle finit par : « Je t'aime tellement, attends-moi sagement, chez moi. » Même pas le temps de réagir. Le silence me surprend et me laisse comme suspendue dans le vide, le vide de ces heures incertaines, sans elle.

Et tout à coup Luther donne un grand coup de volant. Changement de direction. On retourne rue Marcadet, et pourquoi pas, en suivant, rue Ordener, on a peut-être raté un truc, quelque chose aurait pu nous échapper, un détail si minime soit-il, n'importe quoi, il faut trouver ! Ça me plaît. J'attendrai Yaël seule moins longtemps.

On arrive devant l'appartement de la première victime. Luther sort une clé de sa poche. Tu avais la clé, tu comptais revenir… Il ne répond pas, il fait sauter les scellés, sans hésitation. Le sang a été grossièrement nettoyé, pour le reste tout a été laissé en l'état. Postmortem ! Luther me passe un gant, tu devrais toujours en avoir sur toi, oui je sais, je prends la cuisine, d'ac ?

Ce qui me frappe chez les personnes seules d'un certain âge et de condition relativement modeste, ce sont les petits frigos *table top*, même mes grands-mères n'en avaient plus de ce style. Sur le dessus, une cafetière ou un vase ; parfois, rarement, un micro-ondes plus souvent une petite corbeille fourre-tout, hébergeant divers objets, bouchons, élastiques, stylo, pièces rouges, bouton, oui, un seul, celui qu'il ne faut surtout pas perdre, pince à linge, une aussi, un trombone ! Et, parfois, en équilibre sur le trop-plein, une carte postale. Ici c'est une coupe en porcelaine avec les babioles habituelles et une collection de départements offerts par Père Dodu pour l'achat de ses escalopes de dinde. Ça commence à dater. Pas de carte postale. Je me penche au-dessus du frigo pour regarder derrière. Bingo ! La voilà ma carte postale ! « Ma chère tante, je te souhaite un bon anniversaire, j'espère que tu te portes bien. Pour moi ça va, bien que la pêche soit de plus en plus difficile. Je t'embrasse affectueusement. Yann. »

Je retourne retrouver Luther dans la chambre, avec mon précieux butin. Assis sur le bord du lit, mon capitaine secoue la tête, désabusé. Je lui tends la carte. Il la regarde, Erquy, joli petit port… il dit :

« Et alors ?

— Et alors rien, c'est son neveu ou petit-neveu… ma chère tante, tu vois ça !

— Ouais, je vois, où l'as-tu trouvée ?

— Derrière le frigo.

— Eh bien on va s'occuper du neveu. »

Je marmonne :

« C'est bizarre cette manie qu'elles ont toutes d'avoir des neveux…

— Quoi ?

— Rien… Je ne vois pas un neveu violer sa vieille tante ni avec sa bite ni avec un balai ! »

Aussitôt dit, aussitôt regretté. Est-ce que je voyais Louise…

« On fait quoi, alors ? On continue ?

— Non, on rentre, dit Luther, j'en ai ma claque, je te ramène. »

14.

Il n'y a plus une seule croquette casher et Greta n'aime pas celles que je lui ai achetées ! Madame a des goûts de luxe. Elle me regarde fixement et ses yeux verts me nettoient jusqu'à l'os comme de la toile émeri.

Attendre Yaël est un épouvantable et délicieux supplice. Quelle preuve ai-je qu'elle reviendra, qu'elle n'a pas disparu une deuxième fois ? Qu'elle redira la phrase : *Swany, veux-tu m'épouser ?* Et aussi : *Je t'aime tellement, attends-moi sagement...* Qu'on se mariera. Qu'on n'attendra pas vingt-sept ans comme mes mamans.

Post-it : Dire à Yaël qu'elle aura deux belles-mères.

Je devrais préparer quelque chose à manger. On n'a encore partagé aucun repas, même pas un café ! Peut-être aura-t-elle faim lorsqu'elle rentrera... Je regarde dans le réfrigérateur en pensant à celui de la rue Marcadet que personne n'a songé à vider. *Un frigo de Parisien,* comme dit Delphine. Chez nous, dans le Sud-Ouest, les frigos débordent de plats du jour, de restes de la veille, d'ingrédients pour les jours suivants. Ajoutez à cela les petits à-côtés, jambon de Bayonne, pâté de canard, olives grecques grosses comme des cerises mises à macérer avec de l'ail dans de l'huile d'olive, filets d'anchois, rillettes, foie gras, crème fraîche, fromages, œufs. Je ne dis rien des congélateurs dans lesquels givrent des rôtis, des poulets, du merlu de Saint-Jean-de-Luz pêché à la ligne. Je me demande si Yaël mange casher comme Greta. Auquel cas je ne peux utiliser que ce que je trouve dans ses placards. Ça tombe bien, je ne trouve rien. Je me rends compte – disons plutôt que j'accepte de voir les choses en face, et cette constatation me pince le cœur – que cet appartement ressemble à un lieu de passage, une sorte d'escale entre deux mondes. Une coquille presque vide. Rien d'important ne s'y trouve hormis Greta. L'essentiel de Yaël est ailleurs. Cette idée me bouleverse. Je repense au rouge à lèvres. Je fonce à la salle de bains. Sur le miroir, mon numéro de portable a été soigneusement nettoyé. Le tube n'est plus dans le tiroir du meuble, sous le lavabo. Je ne sais pas ce que cela signifie, il n'y a pas de réponses, il y en a trop. Quel jour on est, là ? On n'est pas vendredi, le jour du shabbat ? Si le chat mange casher, je mettrais ma main au feu que le reste de la famille fait le shabbat. Que Yaël se rend dans sa famille tous les vendredis soir à la nuit tombée, lorsqu'elle n'est pas « dans le cinéma ».

J'informe Greta que je descends chez moi un petit moment.

J'ouvre l'ordinateur. Google m'explique le shabbat, l'ancien et le moderne, bon, ce n'est pas bien compliqué. Le faire ne signifie pas que l'on soit férocement orthodoxe. Passons à la question primordiale, celle de l'homosexualité dans le judaïsme. Je tape ces mots : *Homosexualité et judaïsme*. Je n'imaginais pas trouver autant d'articles. Je ne sais par où commencer, je n'y connais rien, une ligne par-ci, deux lignes par-là, une vie ne suffirait pas à décrypter tout ça. Enfin un nom m'attire : Delphine Horvilleur. Voilà sans doute le seul rabbin qui pourrait avec un peu de patience et beaucoup de douceur me faire croire en Dieu. Je lis : « Dans une société patriarcale, la sexualité féminine ne compte pas. » Sans blague ! Au sein du judaïsme, la sexualité féminine n'est pas vraiment reconnue. Donc l'homosexualité féminine non plus ! Voilà une bonne nouvelle. Le verset qui condamne l'homosexualité (masculine donc, puisque l'autre n'existe pas) : « Tu ne coucheras pas avec un homme comme on couche avec une femme. C'est une abomination. », Lévitique, 18-22, est loin d'être explicite.

En résumé :

« Il ne semble pas y avoir à proprement parler de problème avec les tendances homosexuelles en soi. Et encore moins avec l'homosexualité féminine. Le Talmud l'évoque à peine. Les rabbins ne l'évoquent que pour des questions rituelles et très anecdotiques. Par exemple : une femme ayant eu des relations sexuelles avec une autre femme peut-elle épouser un prêtre ? Dans le Talmud la réponse est oui. En réalité, c'est sans impact. » Eh bien voilà quelque chose de rassurant qui vient contrebalancer l'effet désastreux qu'ont eu sur moi les croquettes casher. Tant que j'y suis, je retourne faire un tour sur les sites consacrés au vodou d'Haïti dans lesquels j'ai déjà tenté une incursion à la recherche d'Erzulie, la gentille Vierge de Bella. Quelques vidéos sur YouTube montrent des cérémonies axées sur la danse, avec tam-tams, maracas, totems, bougies, fleurs, victuailles, sans plus d'explication. Je lis deux ou trois bouts d'articles, ici et là, et je me perds dans les arcanes d'une religion dont certains rites ne sont pas sans rappeler la messe catholique. Ce que je retiens surtout, c'est que les divinités vaudou ont plus d'appétit que Yaël et moi ! À chacune ses aliments et ses boissons. À profusion. Par exemple pour Freda : poisson, poulet, pigeon blanc, plantain mûr, ananas. Et comme boissons : sirop d'orgeat, amaretto, anisette. Et pour Legba, le jumeau de saint Antoine de Padoue qui fait retrouver ce qui est perdu et qui peut s'avérer très utile : du riz collé au pois noir, de la poule noire. Du *clairin* et du sirop.

Je regarde dans mes réserves si j'ai de quoi procéder à une petite préparation culinaire subtile, délicate, savoureuse… Je fais cuire des pâtes. Moi aussi j'ai un frigo de Parisien.

J'appelle l'hôpital pour prendre des nouvelles de Bella. Toujours à la diète, mais tout va bien. Elle rentre dans deux jours. Je lui demande si son neveu est passé la voir.

« Mon neveu ? Ce bon à rien ? »

Je pense : Tu as quand même emporté sa photo ! Je hasarde :

« Il habite trop loin, peut-être ?

— Je ne sais même pas où il habite, il squatte par là-bas, vers la Chapelle ou je sais pas quoi… mais pourquoi tu me parles de mon neveu, tu le connais ? Je t'en ai parlé, de mon neveu ?

— Non, moi je t'en parle.

— Qu'est-ce qu'il a fait ce débile ? »

Pour n'avoir pas à répondre : rien, je dis à Bella qu'on m'appelle sur une autre ligne, ma mère sans doute, on s'embrasse et le silence succède au rire d'amour de Bella que je sens légèrement inquiet.

J'appelle Luther. Il me dit que Louise est très remontée contre moi. Quand elle l'a vu rentrer tout seul après notre incursion rue Marcadet, elle a menacé de me coller un blâme ! Pour la galerie, bien entendu, ou pour saboter ma carrière. Elle ne me passera rien, ne me laissera aucun répit. Plus ce sera éprouvant et insupportable, plus elle exigera ma présence, même inutile. Tu voulais du terrain, tu vas être servie. Pas la peine de broncher. Louise ne m'accordera la grâce que si elle me récupère corps et âme. Je demande à Luther s'il lui a parlé de la légiste. « Je te laisse ce soin », a-t-il répondu ironiquement. Vous voulez que je vous dise à qui ressemble Louise ? Je m'en suis rendu compte depuis peu et j'avoue que ce n'est pas très rassurant. Vous comprendrez si vous avez vu *Docteur Foster*. Car, oui, Louise ressemble parfois étrangement, en plus belle, ce qui n'est pas peu dire, à Suranne Jones, l'exceptionnelle actrice britannique qui, allez, je me lâche, dans la série éponyme, endosse le rôle de docteur Foster, Gemma de son prénom. Je dis endosse parce que ce rôle-là pèse une tonne. Vous ne la connaissez pas ? Inconnue du grand public, c'est vrai ; il faut être accro à Netflix pour sortir des sentiers battus des séries et du cinéma français. Mais croyez-moi, Suranne Jones mérite, pour ce rôle de Gemma, les prix d'interprétation de tous les festivals réunis, avec un oscar en plus. En l'espace d'une seconde, son visage peut vous révéler toutes les splendeurs et les noirceurs de l'âme. Je n'ai jamais rien vu de comparable, sauf chez Louise, parfois, et, je vous jure, c'est tout sauf apaisant… Quand on parle du loup… Vous avez un nouveau message : « Et ce verre, on le prend ? » Je tente la respiration maîtrisée, le souffle conscient : inspirer, expirer. Je ferme les yeux, j'inspire, j'expire. Je pense à Luther. *N'y va pas. On prend un verre, on finit dans un lit.*

Avant de remonter retrouver Greta pour attendre Yaël, je téléphone à mes deux mamans. Môm et Mum préfèrent que je les appelle depuis un fixe. Elles pensent que, par le truchement de cet ancêtre de la communication à l'obsolescence programmée, je suis moins pressée que lorsque j'utilise le portable, et qu'on va pouvoir discuter un long moment. C'est Adèle qui répond : « Swany, mon ange, quel bonheur ! On est dans les paperasses pour le mariage, je te rappelle qu'on se marie dans un mois. Quoi ? On ne te l'avait pas précisé ? Tu sais les démarches, tout ça, ça prend du temps, ça te laisse un peu de marge pour t'organiser. On espère que tu nous présenteras ton amoureux. Il s'appelle comment déjà ? Yaël... ? » Je ne confirme pas, je dis juste que j'ignore s'il sera disponible en août. « Tu sais, août, c'est un bon mois pour les tournages, ah je ne t'ai pas dit ? Il est, il est... il travaille dans le... la... production de... de films. D'ailleurs ce soir il travaille, non, non, on ne vit pas ensemble, pas encore... ce qu'on attend ? Rien ne presse. Luther oui, Luther, ça va, on s'entend de mieux en mieux, il est protecteur et très intelligent. On se comprend sans parler, c'est chouette. » Je deviens volubile. Moi qui ne parle jamais des enquêtes, je raconte les derniers crimes, cette pauvre mémé Marcadet sans famille, mais on a trouvé un neveu, il pourra venir débrancher le frigo ! et... et il y a l'autre, la mémé Ordener, elle, elle a des enfants, des petits-enfants, un frère, une sœur. Selon cette sainte famille elle avait des bijoux qui ont disparu, le vol serait donc le mobile.

« Et ta commissaire ?

— Ma commissaire, ma commissaire, quoi ma commissaire ! En ce moment, elle a quelques problèmes dans sa vie privée, figure-toi que, non je ne sais pas si je peux raconter ça, elle a rencontré une femme et... oui, c'est Luther qui me l'a dit, personne d'autre n'est au courant, c'est assez compliqué pour elle, elle est accro de chez accro... non, non, hétéro pur jus, enfin c'est ce qu'on croyait, et... j'espère qu'elle ne quittera pas son mari, ce serait idiot non ?

Pour les enfants… enfin je ne sais pas… et Delphine ? Tu me la passes ?

— Elle dort.

— Quoi, déjà ? Chaque fois que j'appelle, tu me dis qu'elle dort ! Dans la journée, elle fait la sieste ou elle est sortie. Je commence à me poser des questions, d'ailleurs je m'en pose depuis que je suis venue, il y avait quelque chose dans l'air, quelque chose d'oppressant, d'inhabituel, quelque chose que vous ne vouliez pas, ou ne pouviez pas dire, quelque chose que vous me cachez.

— Pourquoi on te cacherait…

— Je ne sais pas, c'est à toi de me le dire. (Silence radio.) Môm, Môm ? T'es là ? » Un oui bizarre, sur deux tons, comme si la voix d'Adèle était en train de muer, un oui qui étouffe un sanglot.

« On ne peut pas parler de ça comme ça, Swany, au téléphone… On se trompe peut-être… » Qui se trompe ? Parler de quoi ? Je tombe d'un coup dans un grand trou blanc, comme un puits sans fond creusé dans la glace. Je n'en finis pas de tomber, je n'entends plus rien, je voudrais dormir, dormir, dormir. Parler de ça au téléphone, on ne peut pas.

« On n'en est qu'aux prémices.

— Les prémices, les prémices de quoi ? »

Mon portable sonne. Louise. Si je réponds, je suis perdue, si je ne réponds pas je suis morte.

« Une minute, Môm. *Louise, je te rappelle. Il y a un problème avec ma mère, oui, je te rappelle.*

— C'était qui ? » Surprise par l'indiscrétion inattendue de Môm, je balbutie :

« C'était Louise, la commissaire.

— Tu la tutoies ?

— Ben, oui. »

J'enchaîne immédiatement sur Bella, je raconte sa pancréatite aiguë. Elle boit trop. Je ne sais plus qu'inventer pour qu'Adèle ne reprenne pas son récit où Louise est venue l'interrompre. Je ne veux pas. Je ne suis plus là. Mais elle continue, difficilement, ça touche le cerveau... Bon Dieu, voilà, c'est notre tour ! On a lancé la roue, clac clac clac clac clac, elle a ralenti, s'est arrêtée non sans avoir hésité, et l'aiguille a pointé le crabe. Au cerveau ! Je me vide. Je n'ai plus rien dans les veines, je sens ma peau qui colle à mes os glacés. On avait dit que cette saloperie de cancer ne nous aurait pas ! Qui parle de cancer ?

« Swany, en effet on l'avait dit, et on tient parole. Le cancer ! Tu n'imagines tout de même pas que ta mère... non, ce serait trop simple ! Il a toujours fallu qu'elle aille au plus compliqué. Faire comme les autres ne l'a jamais intéressée ! »

J'ai fini de me vider de mon sang, de mon bonheur, j'ai vomi le rouge à lèvres de Yaël, la fureur de Louise, je suis un petit chiffon, j'essuie mes veines, mes os, mes orbites, voilà, c'est bien, un petit chiffon.

« Ça n'arrive jamais, ja-mais si jeune. Ta mère est une exception.

— Elle le sait ? »

Adèle trouve le moyen de plaisanter :

« Qu'elle est exceptionnelle, oui ! Je le lui ai dit chaque jour de notre vie. Qu'elle a cette saloperie de maladie ? Oui. Bien sûr, elle le sait, elle le savait avant tout le monde. Il y avait déjà ce soupçon de Parkinson...

— Ah… première nouvelle… Môm, tu as dit : on se trompe peut-être…

— Oui, c'est vrai, on attend d'autres résultats, mais tu sais, si ce n'est pas cette saloperie de *corps de Lewy*, c'en est quand même une, de saloperie, et bientôt, enfin, je ne sais pas, ça peut prendre quelques années, mais ça peut aussi aller vite, Delph ne nous reconnaîtra plus, alors on va se marier, on va s'unir pour le pire, le meilleur on l'a eu… mais on va tout recommencer. Je veux qu'on se marie tant que la maladie n'a pas encore atteint profondément son cerveau. Je veux retourner avec elle aux balbutiements de notre amour, de notre vie commune, à tes premiers balbutiements, à toi, Swany… »

C'est pas vrai. C'est pas vrai, c'est pas vrai ! Je me tape la tête contre des murs invisibles.

« Certains jours, Delphine sera normale, elle parlera normalement, se souviendra normalement, agira normalement, et puis il y aura de plus en plus de tremblements, des jours de totale absence, avec des hallucinations, des évasions dans la nature, et dans rien, des voyages dans rien. »

Je pleure. À l'autre bout du fil, Adèle sait qu'il est inutile d'intervenir. Au bout d'un long moment de ce silence plein de larmes, plus bruyant qu'un hurlement, elle dit :

« Ne pleure pas mon ange, je serai là pour m'occuper d'elle. »

Je suis suspendue dans le vide, les deux pieds désormais hors de mon enfance. Môm et Mum ne seront plus jamais les jeunes femmes rayonnantes qui ont illuminé ma vie. On ne reviendra jamais en arrière. On ne retrouvera jamais l'insouciance et l'insolence de notre bonheur. Je suis terrassée par le méchant dragon des belles histoires qu'elles me lisaient. Il s'appelle : Corps de Lewy. CDL. Contrat longue durée…

Démence à corps de Lewy. Petites billes de filaments neuronaux et d'une protéine appelée alpha-synucléine, protéine présynaptique… jusque-là ce n'est pas très clair ! Accumulation anormale de cette protéine à l'intérieur des cellules nerveuses du cerveau sous forme d'agrégats de filaments insolubles entraînant la formation de dépôts qui interrompent les messages transmis par le cerveau. Oui, oui, d'accord mais *pas* à cet âge-là. Quelqu'un s'est gouré dans les analyses, dans l'interprétation de l'imagerie. Delphine ne peut pas être atteinte de cette maladie, elle est trop jeune ! Ça n'arrive ja-mais ! À cet âge-là. Jamais. La tête me tourne, je vais mourir. Seule. Loin de Yaël. De ma Bella d'amour. J'appelle Louise. Je tiens toujours mes promesses. Je lui dis de venir, que je ne peux plus respirer.

Elle arrive. Je lui dis de s'asseoir, de ne rien dire, de rester là un moment, le temps que j'aille mieux. J'ai besoin de boire quelque chose. J'ai une bouteille de vin entamée sur le plan de travail. Je prends deux verres. Je les remplis.

Je m'installe face à Louise. Nous sommes dans la cuisine de part et d'autre de ma petite table de flic célibataire. Docteur Foster, vous pourriez peut-être aider ma mère ?

« Je sentais bien qu'il y avait quelque chose, je ne savais pas quoi…

— Ce n'est peut-être pas ça », dit Louise approchant sa main de la mienne malencontreusement laissée sur la table. Ma main est morte, la sienne est juste posée dessus comme un petit édredon pour tenter de la ressusciter.

On le prend, ce verre. Tu vois, c'est pas compliqué, on en prend même un autre et encore un malgré l'odeur de brûlé qui ne nous fait réagir ni l'une ni l'autre jusqu'à ce que je réalise que j'ai oublié les pâtes sur le feu. Toute l'eau s'est évaporée, les pâtes sont collées au fond de la casserole, la couche inférieure est carbonisée. Comme moi.

C'est la première fois que Louise vient chez moi, la première fois qu'on boit comme des trous, la première fois que j'ai si mal. Louise ne dit rien, plus rien. Compatissante, elle ne sait pas comment s'y prendre, comment endormir mon chagrin.

Il est protéiforme, mon chagrin, il a le visage de ma maman déjà perdue, la couleur d'un rouge à lèvres effacé, la présence voulue et refusée de Louise. Elle m'attend de l'autre côté de la table, calme comme une prédatrice sûre d'elle. Je le sais et je n'ai pas peur.

J'ouvre une autre bouteille. Je remplis trop les verres, les gouttes qui font déborder les vases sont des rivières de sang. Et je remets cette foutue main sur la table ! Et Louise la recouvre encore. Je ne suis pas ivre au point d'avoir oublié que Yaël peut rentrer d'un instant à l'autre, mon Dieu qu'elle arrive enfin celle que j'aime à me rouler par terre, à me jeter dans la bouche d'un volcan, mais cette main sur la mienne, gentiment, endort ma peine. Et l'inimaginable se produit, ma main commence à frémir, à se retourner, à bouger ses doigts, à les enrouler autour de ceux de Louise. Louise se lève, contourne la table, me prend par les épaules. Ses yeux me passent aux rayons X, ils voient à travers moi les meurtrissures, les blessures, tout notre amour perdu et ce lieu sans frontières de mon désespoir. Ses yeux me décrivent le pacte qu'elle me propose et je dis oui.

Je pense alors une chose horrible : un coup vite fait, bien fait, pour ne plus souffrir, et pour la calmer, pour m'en dépêtrer, sans la blesser, pour éviter de nouvelles violences, ses mains autour de mon cou, son poing dans ma gueule, son pistolet au milieu du front.

15.

Yaël s'est volatilisée. Je ne compte plus les jours, au-delà de quatre, je suis morte. Était-ce hier, avant-hier, je ne sais plus. Je me tape la tête contre les murs. Greta me regarde. Ce que je sens : un jour, un soir, lorsque je rentrerai, Greta aussi aura disparu, et le lit, et le frigo toujours vide, et tout ce qui est vide, car tout est vide ici ; et même tout ce qui ne peut pas disparaître aura disparu. Tout.

Louise a sorti le grand jeu, saisi l'opportunité de ma détresse pour se refaire une vertu, me reprendre sous son aile en me laissant croire qu'elle a changé, qu'elle est là pour panser mes plaies, pour m'accompagner dans ces heures difficiles, en l'absence de toute concurrence. J'ai tout pris comme une poignée d'antidépresseurs : ses larmes, son sourire, ses promesses, sa beauté éblouissante. Je m'étourdis dans la démesure de son amour, je me gave d'un plaisir qui sans cesse rallume mes désirs. C'est le mouvement perpétuel, un cycle infernal d'orgasmes et de larmes, je me shoote à Louise, je me perds, je me repais de son corps, j'ai perdu Yaël, je veux anéantir les interrogations qui me torturent, les pourquoi qui me brûlent la cervelle. Je veux anéantir Yaël, cet amour qui dépasse les bornes, qui la dépasse sans doute, comme il me dépasse, elle se cache, elle attend que ça passe.

Luther a compris que j'ai replongé avec Louise ; pas eu besoin de parler. Comme on ne peut pas s'éviter complètement, vu qu'on enquête ensemble, on ne se regarde pas beaucoup. Moi surtout, je n'ose plus croiser ses yeux, mais je finis par répondre à leur question muette : oui, ma violeuse m'a récupérée, oui, je suis un désastre ambulant, oui, je suis nulle, oui, j'ai mal, oui, je suis perdue. Oui, je suis comme toutes ces femmes qui ne savent pas comment ne plus recevoir de coups. Je sais ce qu'il brûle de me dire : ne viens pas te plaindre si ça tourne mal. Parce que ça ne peut que mal tourner avec Louise. Luther m'en veut de ma faiblesse qui, pour lui, n'est rien d'autre qu'un appétit sexuel démesuré qu'il qualifie de masculin. Il sait de quoi il parle. Mais il se trompe. Ce n'est pas mon appétit sexuel qui m'a jetée à nouveau dans les bras de Louise. C'est le malheur de mes mères. Le moment est sans doute venu de révéler à Luther que mes parents sont deux femmes, que l'une d'elles a entrepris prématurément le voyage à l'envers. Jusqu'au lieu encore inexploré d'où l'on ne revient pas. J'imagine déjà l'expression de son visage, la brillance inhabituelle de ses pupilles, le petit rictus de sa bouche, le tout emballé dans un joli papier cadeau de bienveillance. Il trouvera les mots, comme il les a trouvés jusqu'ici à propos de Louise et moi, de Yaël, de mon beau mariage, qui va foirer, ça c'est sûr. Et ne venez pas me dire que je l'ai bien cherché ! Ne dites rien. Et toi non plus capitaine, ne dis rien, ferme-la !

Incroyable mais vrai. On a découvert l'ADN de mémé Marcadet chez mémé Ordener ! En plusieurs endroits de l'appartement. Pas si incroyable que ça, dit Louise, les deux femmes se connaissaient, voilà tout. Qu'est-ce qu'elle en sait ? Rien. Pas plus que nous. Mais il n'y a pas d'autre explication. C'est une piste à creuser. On n'a trouvé personne pour témoigner les avoir vues ensemble, ou se rendant visite, absolument personne, pourtant le fait est qu'elles se sont côtoyées au moins une fois. Ou alors l'ADN a été trimballé par le tueur d'un lieu à l'autre. Répandu partout, de la cuisine au salon en passant par la chambre à coucher.

Les photos des mortes sur le tableau blanc m'interpellent chaque jour. *Elles se connaissaient, elles se connaissaient, elles se connaissaient, elles étaient amies, personne ne le savait. Personne ne s'intéresse aux vieilles femmes, à leur vie, à leur solitude, sauf ceux qui les pistent, les espionnent pour leur piquer leurs économies !* Entre les deux, le dessin d'un marteau sur format A4, joliment exécuté par Luther, puisqu'une variante de cet outil contondant est vraisemblablement l'arme du crime. Information livrée du bout des pinces par la scientifique avec une certaine désinvolture, c'est ce qui est déplaisant avec ces charcutiers, la désinvolture du langage, des attitudes, le manque d'empathie. Ou tout au moins le manque d'empathie affiché, eux aussi ils doivent se blinder, mais je les soupçonne de prendre du plaisir à la découpe de viande, surtout fraîche. Je l'ai bien vue la diabolique cuisinière…

Luther a dessiné un marteau avec une partie arrache-clou vraiment contondante. Ça ressemble à un pied-de-biche. Il a ajouté un gros point d'interrogation, comme un crochet planté dans le manche. À gauche de mémé Marcadet, une photo de son neveu dont le visage est barré par une croix rageuse, et sa carte postale ; éliminé le neveu ; candidature à la fonction psychopathique, refusée ; renvoyé à son ordinaire et à ses sardines. Je me suis tapé le voyage, d'ailleurs revigorant, jusqu'à Dinard, gare la plus proche d'Erquy, avec l'espoir illusoire que la vie sans Yaël serait moins pénible dans les bars, avec les marins, à la tombée du jour et qu'à mon retour je la retrouverais intacte, sidérante et sublime. J'ai mangé des huîtres et des coques, des palourdes et des araignées de mer. J'ai bu du blanc sur des zincs poisseux. J'ai questionné le neveu, des pêcheurs en ciré jaune, d'autres en ciré vert, le patron du chalutier, des voisins, des femmes de marins et même des chiens de mer. Blanc comme neige, le neveu, un alibi en béton pour les deux meurtres. Je l'ai dit à Louise, ce n'était vraiment pas la peine de m'envoyer là-bas pour en arriver là. Je le savais moi que ça ne pouvait pas être lui ; seulement, chez nous, il faut des alibis irréfutables, certifiés par des témoignages irréfutables. On aime bien perdre du temps aussi, dans la police.

Ainsi a-t-on passé et repassé toute la famille Ordener au détecteur de tremblote. Et à la moulinette des questions. La fille, le gendre, les petits-enfants, un cousin éloigné de passage dans la capitale au moment des faits. À gauche de mémé Ordener, une petite photo de mémé Marcadet (à cause de l'ADN), à droite la fille, le gendre, le petit-fils adolescent disgracieux, le cousin… Où étiez-vous tel jour ou soir entre telle et telle heure ? (En supposant que l'heure de la mort ait pu être correctement déterminée et c'est loin d'être le cas la plupart du temps.) Quelqu'un peut-il le confirmer ? Quoi ? Vous me soupçonnez, moi ? Si nous révisons nos classiques, les anciens bien connus et les modernes bien gentils, *Capitaine Marleau*, *Section de recherches*, *Candice Renoir*, *Caïn*, *Les Petits Meurtres d'Agatha Christie*, etc., nous pouvons savourer ces délicieux moments où la question qui tue : *Où* étiez-vous tel jour à telle heure ? se heurte aux protestations outrées d'innocents indignés. Vous me soupçonnez ? Moi ? Nous ne faisons que suivre la procédure, personne n'y échappe. Insultant, n'est-ce pas ? Déstabilisant, c'est un peu le but. En fin de compte, deux voisins du cas Ordener ont concédé avoir, oui, peut-être, entendu du bruit, des cris, mais ils n'ont pas moufté. Sont trop cons, les voisins du cas Ordener et de tous les cas d'ailleurs. En fait tous les voisins sont des cons. Vous me direz que pour Sarah Halimi, ils ont bien appelé la police et ça n'a pas empêché la malheureuse de passer par la fenêtre… oui vous êtes en droit de me le dire et je ne sais pas quoi vous répondre. Je le dis tout le temps à mes mamans, je ne sais pas ce que je fiche dans la police. Ce n'est pas faute de t'avoir mise en garde Swany, sur tous les tons, on te l'a dit ! Tu n'es pas faite pour ça, tu es trop… instable et parfois excessive, tu ferais mieux d'écrire, elles disent que je suis faite pour ça. Pour les mots. Que j'ai de qui tenir, belle expression. C'est vrai, j'ai toujours joué avec les mots, j'étais précoce. Qui leur dit que je ne le fais pas ? En ce moment même ? Que savent-elles de moi ?

Jusqu'au visionnage de la vidéo de la banque qui a montré une forme encapuchonnée en train de retirer de l'argent avec la carte de la première victime, on n'avait rien à se mettre sous la dent. Pour moi, c'est une fille, c'est ce que j'ai dit, Gabriel a froncé les sourcils, Louise m'a regardée de travers, j'ai pris un malin plaisir à ajouter : et je m'y connais.

Et puis, miracle, une tête est apparue près de la capuche comme pour lui coller un coup de boule, une tête pas blanche sous un bonnet assorti, immédiatement disparue du champ de la caméra. L'imbécile a réalisé au dernier moment qu'il n'était pas encapuchonné comme elle, il n'a rien dans la cervelle. On a donc une sorte de profil qui ne nous avance pas à grand-chose, mais… ce mec au bonnet pas blanc, qui se confond avec sa peau, il me dit quelque chose, il a une tête qui ne me revient pas et qui en même temps me revient. Je l'ai déjà vu quelque part, ce naze. La fille, sans doute une paumée défoncée au *crystal meth*, je l'imagine très bien en train de manœuvrer le marteau, le fameux marteau que Luther a placardé entre les deux victimes. Un seul marteau pour les deux pauvres crânes défoncés et pour des violences que je ne peux nommer sans trembler ; d'infimes débris, je dirais microscopiques, de limaille du même matériau ont été prélevés dans les cheveux et poils des victimes, ce qui confirme les prouesses de l'instrument tueur et violeur ! Retrouver l'arme du crime… même pas dans nos rêves ! Autant chercher une meule de foin dans un tableau de Rothko.

J'invite Luther à prendre un verre. Il accepte. Il ne me quitte pas des yeux. Sa colère a disparu. Il veut certainement savoir comment Louise a réussi à me remettre le grappin dessus. Chapeau l'artiste ! N'est-ce pas ? À quoi tu penses, *bouchon ?* Je le laisse m'appeler bouchon puisque ça lui fait plaisir. Je le sens inquiet pour moi. Je m'en veux de l'avoir si mal jugé au début, lorsque je le trouvais prétentieux. Il faut que je commence par ne plus l'appeler Luther, je dois lui rendre son identité. Il est le seul homme que j'aime vraiment. Le moment est venu de te parler, capitaine. Et de te remettre à ta juste place dans le calendrier des saints et des anges. Gabriel. Oh Gaby ! Je dis à Gabriel :

« Louise s'est trouvée là, lorsque j'avais besoin de quelqu'un. »

S'est trouvée là… il a du mal à l'avaler ! Il secoue la tête, je sens qu'il va perdre patience.

« Trouvée là ! Tu te fous de moi ?

— J'étais seule, j'attendais Yaël, tu sais, c'est le jour où on est retournés rue Marcadet…

— Ouais, je me souviens.

— J'ai téléphoné chez moi, j'ai appris que ma mère souffrait d'une horrible maladie, et Yaël n'était pas là…

— Pourquoi ne m'as-tu pas appelé ?

— C'est Louise qui a appelé, à ce moment-là… voilà, c'est comme ça que c'est arrivé… j'étais perdue… »

Après un moment de silence qui m'épuise tant je le trouve long et insensé, accablant surtout, Gabriel signe la trêve :

« Je suis désolé Swany… ta mère n'est pas seule ?

— Non, il y a mon autre mère… – je pose un silence pour lui laisser l'opportunité de réagir, mais rien –, tu comprends ? J'ai deux mères… tu vois ? Elles sont comme mon père et ma mère… Gabriel, est-ce que tu comprends ?

— Il y a quelque chose à comprendre ? »

Gabriel tente un sourire bienveillant, mais le cœur n'y est pas.

« Je suis la fille de deux femmes que je croyais immortelles… et qui vont se marier, tu imagines ça ! Une première communale du mariage pour tous dans le fief de la sainte baronne de la Manif pour tous, Ludo la divine ! »

Il écarquille ses grands yeux noisette, et le voilà au bord de l'hilarité. C'est fou ce que ces mariages unisexes l'amusent. Ou alors c'est Ludo la divine qui le plie en quatre !

« Tu y vas, j'espère !

— Bien sûr. Je ne manquerais ça pour rien au monde.

— Et … Yaël alors, c'est fini, fini ?

— Je ne sais pas où elle est… j'ai l'impression qu'elle me punit, et je ne sais pas de quoi… elle a peur sans doute, comme j'ai peur, aimer comme ça, c'est… c'est inhumain. »

Voilà, je chiale, c'est vrai, c'est ça, je ne suis bonne qu'à chialer, à rechercher la compassion de l'archange.

« Pleure pas, bouchon.

— Eh oui, je pleure, les filles ça pleure ! »

Il prend ma main, il l'embrasse et je meurs.

On se quitte sur le trottoir. Il voudrait faire plus, mieux mais quoi, comment ? Il n'y a rien à faire. La vie ne veut pas être sympa, c'est pas plus compliqué que ça ! Il ne m'a pas demandé la nature du mal dont souffre ma mère, tant il paraît évident, quand on se fiche dans un tel état, qu'il s'agit de la fameuse *longue maladie*, la démocratique qui ne prend plus personne en traître et qui n'en finit pas de ne pas se laisser vaincre ni nommer. Elle est la banalité même du malheur ordinaire.

Plus tard, alors que j'arrive sur mon palier, un SMS me révèle l'inquiétude et la sollicitude de Gabriel ; il me demande si la maladie de ma mère peut être combattue, sinon guérie.

Je réponds : « Non. Démence à corps de Lewy. Comme Robin Williams ! Mais ma mère n'a pas cinquante ans ! — Qu'est-ce que c'est ? — C'est compliqué. Ce sont comme des… petites billes de filaments neuronaux et d'une protéine qui s'accumulent dans certaines parties du cerveau. Il n'y a rien à faire. — Bordel… »

La porte de Bella est légèrement entrouverte. Je place machinalement ma main sous ma veste, au contact du métal froid de mon arme. Je n'entends aucun bruit. J'avance dans l'entrée du petit appartement plongé dans la pénombre. Je m'arrête, je tends l'oreille.

« Bella ? »

Des voix qui chuchotent, de légers bruits comme des froissements de tissus viennent de la chambre. Un chant s'élève, doux et mystérieux. « Bella ? »

Je progresse lentement, la main sur la crosse du pistolet. Personne dans la cuisine… personne dans le salon, les stores sont mi-clos, ils laissent passer une jolie lumière de fin de jour qui dessine des lignes et des pointillés sur les meubles, les nappes et napperons brodés. Avec un joli rai luisant sur la tête du neveu qui est de retour ! Elle l'avait donc emmené avec elle à l'hôpital, le bon à rien. Elle ne déborde pas d'affection pour ce vaurien, mais on fait avec ce qu'on a. Et quand, pour toute famille, on n'a qu'un bon à rien, on s'en contente et on expose sa bobine sur la cheminée ou sur le buffet.

« Bella ! »

Le chant s'est arrêté. La porte de la chambre s'ouvre. Bella apparaît, dans sa tenue de cérémonie. Elle éclate de rire devant mon air ahuri. Je le sens que j'ai l'air ahurie, c'est comme si je me voyais dans le rire de Bella, je me vois dans ses yeux, je vois que je n'aurai jamais sa force. Elle a traversé les feux de l'enfer, elle a échappé aux Tontons macoutes, elle sort de l'hôpital et elle est là, majestueuse, éclatante de vie, et je suis là devant elle, chancelante, pas fière de moi avec ma petite vie de flic par inadvertance, mon impuissance à accepter la maladie de ma mère et l'absence de Yaël qui me détruit, et avec ça ma soumission inconcevable à la violeuse au pistolet !

« Eh bien, on ne vient pas embrasser sa vieille Bella ! »

Je me jette dans ses bras, j'ai besoin d'un corps à corps avec la chair, avec la vie, avec mes mamans, j'ai besoin de renaître lavée de tous mes désirs, cet amour est un enfer. Je murmure à l'oreille de Bella :

« Je ne sais pas où est Yaël, elle n'est pas rentrée jeudi dernier et j'ai couché avec Louise ! »

Voilà, c'est dit.

« Recouché, tu veux dire, non ? »

Bella m'enveloppe encore plus fort dans la crème immaculée de sa robe étonnante. C'est la deuxième fois que je la vois dans la robe de sa grand-mère ! La robe du vodou. Sa tête est coiffée d'un grand foulard en satin blanc, noué sur la nuque. Par la porte de la chambre restée entrebâillée, j'aperçois l'autel d'Erzulie, Erzulie redressée au milieu des offrandes et des bougies allumées. Devant elle, dans la lumière singulière des petites langues de feu passent rapidement des silhouettes blanches. « Toi ma fille, il va falloir arrêter de *travailler des deux mains*. Donc, tu as recouché… hum, hum, pas bon tout ça, pas bon… Je vais devoir employer les grands moyens, te libérer de l'autre et libérer Yaël de son autre, ainsi tout sera parfait.

— Son autre ? Quelle autre ? Tu m'avais dit qu'elle n'avait personne. Tu l'as dit, non ? Tu m'as poussée… »

L'autre ! Celle qui a oublié son tube de rouge à lèvres !

« Je te l'ai donnée, elle est pour toi et tu es pour elle, autant faire les choses bien, non ? »

Je suis saignée à blanc. Je m'accroche à Bella qui m'entraîne dans la cuisine et me fait asseoir. Quelque chose mijote dans une marmite.

« Ça sent bon, qu'est-ce que tu fais cuire ?

— C'est pour Erzulie. »

Je ne trouve même pas bizarre que Bella cuisine pour sa Vierge puisque je sais qu'il faut nourrir les divinités diverses et variées. Et les morts.

« Écoute-moi, tête de mule, Yaël elle est pour toi ! Elle reviendra, l'autre, elle ne compte pas…

— Comme Louise, c'est ça ? Tu crois que Louise ne compte pas, tu te trompes !

— Qu'est-ce qu'elle t'a fait, cette sorcière de commissaire ? »

Je ne peux pas dire les mots. D'abord il n'en existe pas pour dire les prodiges amoureux de Louise. Il n'en existe pas pour dire que Louise est l'instrument de mon suicide. Non, mais tu me vois me tirer une balle dans la tête si Yaël ne revient pas ? Non, madame. Je veux crever d'amour. Alors Louise ou Yaël, dis-moi ? Dis-moi pourquoi l'une et pas l'autre ? Pourquoi pas les deux ? Et pourquoi pas aucune ? Je perds la raison, c'est cette robe blanche, ce truc sur la tête, ces flammes dans la pièce d'à côté, ce plat qui mijote, c'est du poulet ?

Bella attrape les petits verres habituels et la bouteille dans le haut de son buffet de cuisine, elle les pose avec autorité en faisant claquer leur cul sur la table. Je m'extirpe de mon vodou à moi pour le salut de Bella :

« Ah non, Bella ! Le rhum de la Jamaïque, c'est terminé pour toi, tu sors à peine de l'hôpital !

— J'ai perdu cinq kilos, regarde ! » Elle se tortille devant moi encore bien grassouillette dans ses atours.

Les voix et chants reprennent doucement dans la chambre. A capella.

« Il se passe quoi, là ?

— Ce sont des amis. Tu peux venir, tu verras.

— Non. »

Il se passe ce que je sais, que j'ai compris dès que j'ai vu la robe de Bella et les bougies allumées et les ombres blanches dans la chambre.

« Si ! Tu as besoin d'être libérée ma fille.

— Libère-moi de Yaël !

— Quoi ?

— Tu as bien entendu et tant que tu y es, libère ma mère ! »

Je m'empare de la bouteille, je remplis à ras bord le petit verre doré et hop dans le gosier. Au suivant. Et hop ! C'est au tour de Bella d'être stupéfaite.

« Dis-moi ce qu'il se passe mon chou, qu'est-ce qu'elle a ta mère ? Mon ange, parle-moi. »

Le moment est arrivé de recommencer pour Bella le récit fait à Gabriel, j'ai deux amours, ma maman et ma maman, l'une des deux a pris un billet pour l'enfer et l'autre aussi. Les yeux écarquillés, la bouche entrouverte, Bella me regarde avec effarement. Et j'ajoute : Deux mères homos qui veulent une fille hétéro !

« Hum, hum.

— Quoi hum, hum ? Eh bien oui quoi, j'ai deux mères, c'est comme ça ! Et je leur ai dit qu'avec toi, ça fait trois !

— Swany, mon chou, viens avec moi. Là-dedans, il y aura tant de prières qu'il y en aura pour ta maman malade et une pour ta maman pas malade et une pour te libérer… de ta commissaire et une pour libérer cette fille, là, du troisième, tu sais, celle qui est pour toi. La libérer de celle qui s'accroche peut-être un peu… »

J'ai le hoquet, je tiens à peine sur mes jambes. Bella secoue la tête, bien décidée à m'emmener dans le mystère de la chambre. Elle me guide en me poussant par les épaules, devant elle, tout doucement, bien gentiment, comme si j'étais aveugle. C'est ce que je suis. Aveugle à tout ce qui m'entoure, à ce que j'ai été. Je ne vois que du noir, dans mon cœur et dans mon âme, dans celle de Louise et dans celle de Yaël. Des gens entourent un poteau planté sur un billot de bois, placé au centre de la chambre, je sais ce que c'est, je l'ai lu sur Google, c'est le *poteau mitan*, celui autour duquel se déroulent les rituels ; des bougies brûlent au pied du poteau, les gens semblent excédés par l'attente trop longue, ils ont rongé leur frein, ils me dévisagent durement, je les dérange, je tombe mal sans doute, je n'ai pas à être là, je résiste, je ne veux pas aller dans le cercle ; des outils dont un gros marteau traînent près du billot central, la tête me tourne, dans le fond de la pièce, je découvre un type assis dans l'ombre, il serre une sorte de tambour entre ses jambes, les flammes dansantes des bougies font luire son visage et ses yeux qui rougeoient comme deux morceaux de braise, mais Bella m'enlace, elle n'avait pas laissé la porte ouverte pour rien, elle m'attendait, elle me voulait dans le cercle et dans la danse, je suis sa fille, je suis la fille blanche de ma mère noire, personne ne me rejettera, on sera unies comme les doigts de la main, rien ne nous séparera, les *racialistes* peuvent aller se faire voir. Et si je veux me tartiner la gueule de cirage noir, je les attends ces débiles compulsifs ! Et j'attends la première idiote, comme il en éclot chaque jour sur les réseaux sociaux, qui viendra me dire que je n'ai pas le droit de copiner avec Bella, parce que je suis blanche et qui plus est homo, j'attends la première écervelée qui viendra m'empêcher de déclarer que Bella est ma mère noire. J'attends. Avoir une Bella dans sa vie est un privilège rare qui n'est donné qu'à une minorité triée sur le volet par le destin. Et certainement pas à ces connasses séparatistes !

Bella dit des trucs en créole ou je ne sais quoi, les gens écartent leurs lèvres brillantes, dévoilent leurs dents si blanches, comme celles de Gabriel. J'imagine Luther dans ce traquenard, je donnerais je ne sais quoi pour dégommer deux pintes avec lui, couvée par son regard tendre. Il m'appellerait « bouchon », j'y prends goût, il me montrerait des photos de sa femme, de ses gosses, je n'oublierai tout de même pas qu'il a essayé, sans succès, de séduire Louise…

Près de l'homme aux yeux rouges, une fille rit bêtement en découvrant de drôles de dents, une noire, une blanche, comme des touches de pianos ou je suis dingo, il y a au fond de la chambre une table couverte de victuailles, des bananes, des ananas, des bouteilles, sirop d'orgeat, anisette… J'agrippe Bella par un pli de sa robe, c'est qui lui, là ? Lui ? C'est mon vaurien de neveu, il n'est bon que pour la transe !

Des femmes avec des robes magnifiques et autant d'hommes, sans tenue particulière, en chemisette, pieds nus. Ils tournent tous sur eux-mêmes et autour du poteau, en tapant des pieds, en agitant des sortes de tambourins, des maracas avec des perles. Je ne savais pas que Bella était en relation avec autant d'Haïtiens de Paris, ni qu'ils se réunissaient pour pratiquer ce truc incroyable que des siècles d'esclavage n'ont pas réussi à pulvériser. Bon Dieu, je pense aux voisins qui pourraient appeler la police. Mais la police, c'est moi.

Un type commence à frapper sur un tambour qu'il tient entre ses genoux, avec un machin en bois incurvé, et l'autre, le neveu, dans l'ombre profonde reprend sur un autre rythme qui se mêle au premier et vous fiche la tête à l'envers. Bella me pousse vers le poteau en disant : « Tu pourrais être une *hounsi*[1], toi l'amoureuse des femmes. »

Je sens que je vais tourner de l'œil. Je me tords le pied sur je ne sais quoi, je suis fragile des chevilles, bonne pour une entorse.

1. Vierge formant le chœur dans les rites vodou.

Bella jette des roses sur l'autel d'Erzulie. Ça y est, je tombe. Des femmes se penchent et me relèvent. Je n'entends plus les tambours. Et l'homme, là, celui de l'ombre, m'enlève et m'emporte. Et tout devient noir.

16.

Je me réveille le nez dans les poils de Greta. Donc, je suis dans le lit de Yaël ou Greta est dans le mien. J'entends des bruits dans la cuisine. Mon cœur s'emballe. Un gargouillement de cafetière catarrheuse. Une bonne odeur de café qui vient jusqu'à moi. Je n'arrive pas à ouvrir les yeux. Je ne peux plus respirer. Yaël…

Mais c'est la voix de stentor de Bella qui nous fait sursauter Greta et moi. Elle surgit dans la chambre.

« Tu dois aller travailler mon chou, ton capitaine a appelé, tiens, bois ça. Dépêche-toi.

— Bella ? »

Greta a bondi pour foncer hors de la pièce.

« Qu'est-ce que je fais ici ?

— J'attends que tu me le dises. Hier soir on t'a ramenée chez toi, je t'ai bordée, bercée, dorlotée et endormie et ce matin je te retrouve ici. »

Je ne me souviens de rien. J'ai rêvé que Yaël était revenue, elle était douce, c'était Greta dans mes bras.

« Est-ce que Yaël est rentrée ?

— Non, mon chou, non, allez bois ton café, ça avait l'air d'urger, dans ton commissariat.

— Il t'a appelée, toi ? Mon capitaine t'a appelée ?

— Oui, tu ne répondais pas. Où il est ton foutu portable ? Je ne sais pas quand ni comment tu es arrivée ici ni pourquoi. Allez, grouille-toi. Bois ça, va te doucher et file, je m'occupe du chat. »

Le café est brûlant, je dois descendre chez moi changer de vêtements et mettre la main sur mon portable. Au pied du lit, je me rends compte que j'ai une douleur à la cheville droite. Sur le palier, je me trouve nez à nez avec Mme Rantanplan et ses gosses. C'est là que je reprends mes esprits, précisément là, devant cette femme et ses enfants. Maman ! Maman et cette saloperie qui détruit son cerveau, qui va engloutir son intelligence, sa vivacité, ses dons, son amour pour Adèle. Maman et son corps de jeune fille. Maman en amour avec Adèle comme dans *La Valse* de Camille Claudel. Maman qui ne saura plus aimer. Et maman qui ne me reconnaîtra pas et maman qui mourra folle à lier. Et Maman qui partira…

Je me douche en vitesse, je m'habille, ma cheville est un peu gonflée, je cherche une chevillère, je sais que j'en ai une, c'est comme les minerves, les chevillères, ça sert à un moment ou à un autre, je rassemble mes affaires dont mon portable qui s'était planqué sous mon lit. Avec tous les appels de Gabriel. Mais pas le moindre appel de Yaël. Moi non plus je ne l'ai pas appelée, je pleure peut-être comme une fille, mais je peux être dure comme l'acier, faut pas me chercher ! J'essaie de me souvenir de ce qui m'a amenée à grimper chez Yaël dans la nuit. J'ignorais que j'étais somnambule. Mes mères doivent savoir si j'ai déjà fait de telles escapades nocturnes. Tout à coup, je me souviens des tambours, des chants et des incantations, des femmes et des hommes en transe. De Bella dans sa robe blanche. Du marteau au pied du poteau mitan ! Et de l'homme qui m'a emportée dans ses bras, de ses yeux effrayants, je les voyais rouges, entièrement rouges comme gonflés de sang, il a dit : « C'est toi le flic, hein, hein ? Le flic de Bella hein, Hein ? » Ce bon à rien de neveu de Bella. Le con, il sait que je suis flic. Il faut que je voie Bella. Je fonce chez elle avant de partir.

« T'es encore là ? Dépêche-toi de filer !

— Juste un truc Bella, c'est bien ton neveu qui m'a… tu sais, hier soir… tu lui as dit que je suis flic ?

— Moi ? Parler de toi à ce bon à rien ?

— Pourtant, il me l'a dit.

— Il t'a dit quoi ?

— Il a dit : "C'est toi le flic, hein, le flic de Bella !"

— Je te jure, poulette, par la grande sainte Anne, j'ai rien dit. »

Je suis convaincue que Bella dit la vérité. Et puis je m'en fous, je regarde la photo du bon à rien, il est moins terrifiant qu'en vrai. Je sors mon portable et, alors que Bella est partie dans sa chambre chercher je ne sais quoi, je photographie son portrait. Bella revient, je lui fais un petit signe et je me dirige vers la porte.

« Tu boites ?

— C'est rien, je me suis tordu la cheville hier soir, tu sais… il y avait des outils qui traînaient, là, autour de votre…

— Tu aurais dû mettre de la glace tout de suite. »

J'ai déjà entendu ça, le coup de la glace, on me l'a déjà fait !

Bien entendu, j'arrive en retard et complètement déglinguée au commissariat. Cette soirée vodou m'a fichu la tête à l'envers. Comme chaque matin, je regarde les photos sur le tableau blanc. Mon cœur se met à battre à cent à l'heure. À cause de lui, là, le pas Blanc au bonnet pas blanc. On ne voit pas ses yeux, mais… je sors mon portable de ma poche, voyons un peu cette photo, non, bien sûr que non, impossible. Ce n'est pas lui. *Le flic de Bella. Hein, hein ?* Il fait *hein, hein ?* comme Bella *hum, hum.* Le marteau… non, rien à voir avec le marteau dessiné par Gabriel, c'était plutôt une sorte de petite masse, avec un manche plus court… le genre d'outil utilisé pour enfoncer des piquets de clôture. T'as tout faux ma vieille.

Louise me surprend devant le tableau, d'un mouvement de tête engageant, elle me fait signe de la suivre. Je demande où est Gabriel. Elle répond : « Où tu devrais être avec lui. On va le rejoindre. Viens. » Mais à mon oreille, elle dit : « J'ai envie de toi. » Louise a toujours aimé les matins. « Tu boites ? — C'est rien. — Tu as mis de la glace ? » Elles vont me lâcher avec la glace ? On s'enferme dans les toilettes. On fait l'amour en vitesse dans une urgence inexplicable. Et une douceur étrange cependant. Je me sens presque comme un cobaye entre ses mains et sous ses yeux dont je n'arrive plus à interpréter la signification lorsqu'elle me regarde jouir. C'est ce qu'elle fait, elle me regarde, avide et indifférente, résignée à m'avoir perdue et décidée à m'en faire baver encore un peu. Elle le sait qu'elle m'a perdue. Elle l'a su tout de suite, bien avant moi, c'est sûr, le jour des premières gifles. C'est à ce moment-là que j'aurais dû la quitter. Au lieu de quoi je lui ai accordé un permis de maltraitance, d'user et d'abuser de mon corps et si je suis consentante désormais rien ne rachètera le mal qu'elle m'a fait.

Et si on parlait de celui que tu lui as fait ? Par solidarité féminine, je veux bien partager les responsabilités.

Quelqu'un tambourine à la porte. « On a un problème, sortez de là, en vitesse ! » Louise est décomposée. Chut ! Elle met un doigt sur sa bouche. « Ça va, c'est Gabriel ! » Louise emprisonne sa bouche de ses deux mains jointes comme si elle venait d'apprendre une catastrophe. « Enfin, Louise, on s'en fout ! » Je crie presque et elle crie aussi : « Mais non, on ne s'en fout pas ! » On continue la conversation, en remettant de l'ordre dans nos vêtements, comme si Gabriel ne nous attendait pas derrière la porte : « C'est Gabriel, il est au courant ! Et ton amie, la légiste, j'ai oublié de te le dire, elle m'avait chargée de t'envoyer le bonjour, comme on dit. Apparemment, elle est au courant, elle aussi. En fait, tout le monde est au courant. » Louise a un petit sourire presque triste. Elle saisit ma main, prend une profonde inspiration, et nous sortons. Gabriel nous attend devant le lavabo. Il examine ses ongles avec une attention exagérée avant de lever la tête vers nous. Il ne lui échappe pas que Louise tient ma main. Pourquoi fait-elle ça ? Que veut-elle prouver ? Que je lui appartiens ? Qu'elle n'a peur de rien ? Qu'elle assume, alors que je sens les tremblements qui la secouent tout entière ?

« On a un gros problème, mesdames. Rue Lamarck.

— Gabriel, je…

— Ça va, Louise, c'est bon. Je ne suis pas un perdreau de l'année. On a un vieux monsieur… égorgé. Dans sa baignoire. Un vieux monsieur juif. Et on a trouvé des inscriptions antisémites tracées avec son sang, et des croix gammées. Voilà le plat du jour. »

Je ne peux retenir un « Fils de pute ! » qui ne me soulage même pas. Le mot *juif* fait dix fois le tour de mon système nerveux et circulatoire. Il est avec Yaël dans ma peau, mon sang, je l'ai épousée, je suis comme elle.

« Donc, la scientifique est sur place et…

— Retournes-y ! Tu pouvais appeler au lieu de rentrer, non ? »

Gabriel ne répond pas. Il se contente de regarder Louise droit dans les yeux.

« Swany, allez-y avec… (là, elle se trouve ridicule, elle corrige le tir), vas-y avec Gabriel. Vous n'avez pas besoin de moi. »

Je marche dans les pas de Luther-Gabriel, sa colère est palpable, une colère sourde qui fait craquer sa chemise dans son dos ; l'image de Yaël dans les bras du jeune homme râblé comme un taurillon surgit dans ma tête. Je me retourne. Louise nous regarde. L'irruption de Gabriel semble avoir agi comme un électrochoc. Oui, Louise est choquée. Son visage a une expression indéfinissable. Elle n'est ni heureuse ni triste, elle est absente. Elle s'évapore, elle s'en va, elle me rend ma liberté, je sens au plus profond de moi une petite douleur, c'est une douleur ridicule puisque c'est ce que je voulais, être libérée de Louise, mais c'est une douleur qui me brise ; un morceau de moi sera à jamais enfermé en elle. Pour l'éternité je serai bancale.

Maintenant, en route pour la vendetta. Je dois venger tous les Juifs de la terre ! Pour toi Yaël, même si tu ne me demandes rien, même si tu m'as quittée pour de bon. On arrive à la voiture. « Tu boites ?

— C'est rien, je me suis tordu la cheville hier soir sur… (j'ai failli dire sur un marteau) sur un pavé. »

On roule. Gabriel serre les dents, je regarde les muscles de sa joue droite qui se contractent sur sa mâchoire. Enfin il se décide à dire quelque chose :

« C'est une maladie, vous deux ! Vous faites ça tous les jours, et de bon matin !

— Chaque fois qu'elle veut.

— Mais qu'est-ce que tu veux, toi, à la fin ? Et ta *fiancée* et ton mariage ? Swany, tu vas arrêter ça, elle va te détruire. Je peux te le dire maintenant… » Il se racle la gorge et n'en dit pas plus.

Il rétropédale après s'être infligé une tape imaginaire sur les doigts.

« Me dire quoi ? Gabriel !

— Rien, laisse tomber ! Je ne comprends rien à vos histoires un peu perverses.

— Perverses ? Non mais, je rêve !

— Louise saura toujours comment te faire bander, même si tu la hais. Et même si elle te quitte. Et même si elle en vient à te haïr.

— Bander ? C'est joli, j'aime bien !

— Oui, enfin tu comprends très bien. La fille avant toi… la fille avant toi, elle a morflé. Plus que toi !

— Mais comment… quelle fille ?

— Un joli petit lieutenant, juste avant toi…

— Oh putain… Gabriel ! Tu m'as laissé croire que tu ne savais pas pour Louise, que j'étais la première, qu'elle n'était pas *comme ça*, tu m'as menti ?

— Tout le monde ment. Mais maintenant je te dis : Stop ! Largue-la. Il est temps. Sauve-toi, Swany ! »

Au bout d'un moment il me demande si j'ai vu la stagiaire.

« Quelle stagiaire ?

— Ah, tu ne l'as pas vue ? »

On ne s'éternise pas sur la stagiaire, on arrive chez le mort. Bon sang, le désastre ! D'un coup, il expédie le désagréable *joli petit lieutenant* dans les limbes de ma mémoire. Il le supprime. Rien n'existe plus que ce crime. Abject. Insupportable. Comme ils vont dire avec un peu de retard à l'allumage. Il en aura fallu des Juifs entassés dans les camps et les chambres à gaz, et maintenant, près de nous, passés par les armes de terroristes assassins – sans doute un pléonasme –, ou par la fenêtre de leur cuisine par d'immondes petites frappes antisémites. Il en aura fallu, tant et tant avant de les ouïr couiner les offusqués, les blablateurs de la lucarne comme disent mes mômans qui, sur ce thème, sont des lionnes. Eh bien, en voici un autre qui trempe toujours dans l'eau du bain. Augmentée de son sang appauvri en hématocrite par le grand âge ou les privations. Luther souffle comme un phoque sans parvenir à expulser toute la colère qui l'habite depuis les premiers pas dans l'appartement. Tout est barbouillé de rouge, les murs, les vitres, les tapis ; les tiroirs sont renversés, le lit retourné. Mais qu'est-ce qu'ils ont foutu, ils l'ont saigné d'abord et mis ensuite dans la baignoire ? Quelle idée ! La légiste, eh oui, c'est elle la chef étoilée spécialiste des rognons au cognac, lève la tête vers nous, elle me reconnaît, elle ébauche un sourire et trouve le moyen de dire : « Ah, ça va mieux … Votre chute de vélo… il n'y paraît presque rien. » Elle demande si on peut enfin sortir le corps du bain. Luther voudrait son avis : mort par les coups de lame ou par noyade ? Elle dit qu'on ne peut rien dire à ce stade et elle ajoute : « … nautique ! ». On en saura plus après l'autopsie, bien entendu, mais d'après elle et ses premières constatations, il est probable qu'on l'ait mis à l'eau pour le noyer tout en le saignant ; ou alors on a commencé à le saigner, puis on l'a trimballé dans la baignoire, encore vivant et noyé ou pas. Ses cheveux sont mouillés. D'une façon ou d'une autre, il est mort. Les décorations murales – croix gammées, étoiles de David, « sale Juif » en plusieurs exemplaires – ont été essentiellement réalisées, plutôt grossièrement, à la bombe, sans aucun sens artistique. « Ne nous emballons pas, dit Luther. Qui a appelé les secours ? — Son fils. » On trouve, tassé dans un coin, un homme en état de choc. Incapable de parler. Étranger au ballet des photographes et mains gantées qui tournent autour de lui dans la chorégraphie bien connue des relevés d'empreintes et recherche d'indices matériels. Maintenant, il va falloir se taper les voisins, les amis, les parents, toute la rue, les commerçants, l'épicier, la boulangère. Jusqu'au Sacré-Cœur. Et tout le monde dira : « Non, non, on n'a rien entendu. » puis « C'était un vieux monsieur tranquille, *juif*, bien sûr, *mais* très bien, très poli, jamais d'histoires avec qui que ce soit, tout le monde l'aimait bien, même les jeunes, qui allaient lui acheter ses cigarettes, un rescapé vous savez, toute sa famille y est passée, à part ça, on ne sait rien, si c'est pas malheureux, échapper à Hitler pour finir comme ça. »

« Bon, on se barre, dit Gabriel, qu'est-ce que tu veux foutre ici, il n'y a rien, rien ! Tiens, regarde, le portefeuille, il y a de l'argent dedans, ils n'ont rien volé, ça, c'est de la mise en scène pour faire croire que le mobile du crime est le vol, en tout cas ils ont voulu faire croire qu'ils cherchaient quelque chose, mais non ma bonne dame, ce n'est pas ça le mobile du crime ! Allez, on se tire. Si on allait manger un truc par là ?

— Oui, mais Louise…

— On s'en fout, de Louise, elle s'occupera avec la stagiaire. Qui a beaucoup à apprendre. »

On a un peu trop picolé, chacun a quelque chose à noyer. Moi, je sais quoi, Gabriel, je ne sais pas. Dans la voiture, entre deux hoquets, je lui ai dit la phrase de Frida Kahlo qui m'est miraculeusement revenue : « Je buvais pour noyer ma peine mais cette garce a appris à nager… » Et j'ai osé : « Quelle est ta peine, Gabriel ? » Il s'est contenté de sourire et on est arrivés au commissariat pas très frais. Louise est déjà partie, ça me soulage. On s'occupe des paperasses, je voudrais dormir, dormi-ir… Je me sens mal, je cours vomir dans les toilettes. Gabriel me ramène chez moi. Va te coucher, tout ira mieux demain.

Je me vautre sur mon lit, écœurée, épuisée, j'aime mieux ne pas me voir. *Un joli petit lieutenant, juste avant toi.* Les mots de Gabriel ont réussi l'impossible : remonter à la surface pour m'empêcher de penser au vieux juif assassiné. Pour survivre dans ce métier, la seule méthode c'est, une fois rentré chez soi, de tirer le rideau sur ce qu'on a vu de pire. Malheureusement, je n'arrive pas à tirer le rideau sur Louise et son joli petit lieutenant. Je m'endors avec, je me réveille avec. Je n'arrive à les chasser ni l'une ni l'autre. Je découvre une Louise que, dans ma grande naïveté, je n'avais pas un instant imaginée. Une *bi* ravageuse ! Une croqueuse de filles, rôle normalement dévolu aux lesbiennes ! La phrase me tape sur les nerfs, installée comme une méchante migraine, de celles qui font vomir. Elle se répète à l'infini, tel le bruit de roulement d'un train sur les rails, elle bat dans mon cœur comme une chanson de Jeanne Added, elle descend dans mes artères, mes veines et mes vaisseaux amiraux, elle glisse dans mon vagin comme le pistolet de Louise, elle court sur mon épiderme comme les mains de Yaël, elle se colle à ma bouche comme sa bouche d'or et de lait.

Je ne sais pas ce qui est arrivé au *joli petit lieutenant* et je préfère ne pas le savoir. Pour le moment. Mais peut-être que Gabriel me le dira un jour, quand ma vie sera accomplie, si pleine de Yaël que je pourrai enfin mourir tranquille, puisque rien jamais ne sera aussi exceptionnel que notre amour. Ou quand on sera vieux et qu'on se racontera nos guerres. Si je démissionne, il viendra me voir, on se donnera rendez-vous quelque part dans un bar et on ira plus loin dans l'intimité de nos cœurs. Si je n'aimais pas les femmes, c'est Gabriel que j'aurais aimé. Il le sait sans doute. Et peut-être que lui m'aurait aimée aussi et peut-être qu'il m'aime. Adèle et Delphine, j'en suis sûre, là, à l'instant, aimeraient mieux ça, *un* fiancé pas blanc plutôt qu'*une* fiancée pas noire.

J'ai appelé au chalet. J'ai d'abord parlé avec Adèle du vieux juif assassiné – il était frais dans ma mémoire, je n'ai pu le repousser plus longtemps. Le crime antisémite ne fait aucun doute. Il se trouvera bien des avocats pour nier l'évidence, des experts psychiatres et des juges pour les suivre dans leurs délires. Je lui ai dit que je comptais démissionner. J'ai dit ça comme ça, par désespoir ou son contraire. Je n'en savais rien, je n'avais rien décidé, j'avais seulement envisagé de quitter la police au moment du coup de folie de Louise. Et, parfois, j'étais convaincue que c'était ce que j'avais de mieux à faire. Oui, c'est bien, m'a-t-elle dit, c'est ce que tu as de mieux à faire. Elle ne demande pas pour quelles raisons ; tant mieux, je ne saurais les lui livrer clés en main, avec mes contradictions permanentes et mes dérives. Ce qui m'arrive devait arriver, j'ai joué avec le feu, je me suis brûlée. Adèle évite soigneusement le sempiternel : « On te l'avait bien dit », suivi du court récapitulatif de mes mérites personnels : « Ça aurait pu marcher, tu as réussi concours et formation les doigts dans le nez, tu te passionnais pour le crime, tu te souviens ? » Elle demande ce qu'en pense Yaël. Je lui dis que Yaël et moi c'est fini… je lui dis : *Elle est partie*. T'as bien compris Adèle ? ELLE est partie. Non, elle n'a pas compris, j'ai marmonné sans doute. Mais pourquoi tu ne réagis pas ? Pourquoi tu me laisses là, toute brûlée, avec des flammes qui courent encore sur mon corps, sans te jeter sur moi pour éteindre tout ça. Pourquoi s'obstine-t-elle à ne pas entendre que IL c'est ELLE ? Ou à faire semblant de ne pas l'entendre ! Pourquoi n'entend-elle pas qu'ELLE m'a quittée ? Pourquoi ne demande-t-elle pas pourquoi ? Elle dit, au bout d'un instant de silence : « Et ta commissaire, elle en est où de son aventure lesbienne ? » Je ricane, je pouffe, mon pouls s'accélère : « C'est pas mes oignons ! » Alors, Adèle conclut, enjouée : « Je te passe ta mère, je dois filer à la mairie. La date du mariage est fixée, écoute bien et pour une fois, prends l'avion ! Tu auras plus de temps pour tout nous raconter… » Là, je devrais penser avec effroi : elle a tout compris. Mais je ne veux pas penser cela. Moi aussi je sais faire l'imbécile. L'autruche. Allez hop, la tête sous le sable.

Ma mère m'a dit : « Je t'aime, Swany. » Elle avait l'air en pleine forme. Elle m'a demandé si j'avais vu un film magnifique qu'elle venait de regarder : « Ah merde, comment il s'appelle déjà ? Tu sais le film italien de… oh zut, je ne sais plus, bon, je le retrouverai, on en reparlera, tu verras, il est génial. Si juste, si terrible. On rit, on pleure… » Elle a voulu savoir comment ça se passait au boulot, je lui ai dit : « Je démissionne. » Ça lui a beaucoup plu, à elle aussi. Elle a poussé un ouf de soulagement, avec tout ce qu'il se passe, ces attentats, ces fous furieux en liberté. Elle ne m'a pas demandé ce que j'envisageais pour la suite. Tout à coup, elle a dit : « Et Yaël … ? » J'ai redit ce que j'avais dit à Adèle : *Elle est partie*. Contre toute attente Delphine a dit, je vous le jure : « Une de perdue, dix de retrouvées ! » C'est ce qu'elle a dit, je vous le jure. Ou alors : *Un* de perdu, dix de retrouvés ? Un ? Une ? Articles indéfinis. Déterminants contrariants. Après, elle m'a envoyé un SMS qui disait juste : « Le film, c'était *Mia madre*, de Nani Moretti. »

17.

Depuis que Gabriel nous a surprises dans les toilettes, Louise ne m'a plus plaquée contre un mur. Elle ne me fuit pas, elle ne me cherche pas. Elle me colle les tâches les plus rébarbatives, elle me dit « vous », elle me dit « tu » ; parfois, je la sens sur le point de flancher, et moi, je me souviens des jours anciens et je cours vomir dans les toilettes. Je n'ai plus mes règles, pas de doute, je suis enceinte, mais de qui, de quoi ? Du pistolet de Louise ou des doigts magiques de Yaël ? Mon enfant sera un bâtard de toute façon !

Chaque matin Louise s'agace devant le tableau où aucun nouvel élément n'est venu se positionner entre les vieilles mortes – dont les cheveux doivent continuer à pousser dans le frigo de la morgue – aux côtés du dessin de l'arme des crimes, et des suspects sans noms, issus des images vidéo de la banque. Je regarde la tête du neveu sur mon portable et décidément non… ce type sur le tableau n'a rien à voir avec celui de mon téléphone. Je devrais toutefois montrer la photo à ma hiérarchie qui soit m'enverrait dans les cordes, soit jugerait la piste intéressante, et même s'en emparerait avec gourmandise. Je ne sais pas ce qui m'en empêche ; sans doute ma tendresse pour Bella et le fait que malgré sa mine patibulaire, et ses yeux rouges, il serait pour le moins extraordinaire que le neveu de Bella soit l'assassin recherché par une jeune policière amie de sa tante. Dans un mauvais téléfilm policier où sous la plume d'un auteur en manque d'inspiration, peut-être, sans négliger le fait indiscutable que selon la formule éculée, dans l'incroyable et l'invraisemblable *la réalité dépasse souvent la fiction*. C'est pourquoi je ne vais pas lâcher la piste de ce neveu providentiel. Avec un peu de bonne volonté, je pourrais même envisager que ce fils de pute est aussi le tueur antisémite de la rue Lamarck, *hein, hein, le flic de Bella*. Hein, t'en penses quoi ?

Gabriel n'ose pas me demander si j'ai des nouvelles de Yaël et je n'ose pas lui dire que je l'ai bel et bien perdue et que mon cœur est dévasté, que j'ai besoin de ses questionnements, de ses reproches de grand frère. À travers la table du bar ou nous continuons à picoler jour après jour en camarades de bordées, entre les bocks de bière, je lui tends les bras. « Aide-moi, s'il te plaît, serre mes doigts, fais-les craquer. » Il soupire bruyamment (je me demande ce qu'il a dans le nez, une déviation de la cloison nasale sans doute) en même temps que sa bouche se tord. Il prend mes mains dans ses belles pattes charnues, solides, soignées.

« Elle te fiche la paix, non ? »

Il me faut deux secondes avant de comprendre qu'il parle de Louise.

« Tu l'as menacée ?

— Menacée de quoi ? Non, pas de menaces, je ne peux pas, on ne menace pas son chef, je lui ai juste suggéré de te laisser tranquille…

— Elle a peur de toi ?

— Peur ? Non. Elle a peut-être tout simplement d'autres centres d'intérêt… ça ne t'a pas effleurée que tu n'es pas seule au monde ? Tu sais quoi, je me demande si vous n'êtes pas en train de vous multiplier à une vitesse exponentielle…

— De qui tu parles ?

— De vous, les lesbiennes ! Tu n'as pas remarqué que la stagiaire…

— La stagiaire ? Je ne l'ai pas encore vue.

— Tant mieux. En tout cas, elle, elle t'a… vue. Je crois que tu l'intéresses. »

Son rire éclate dans le bar et déclenche le mien. Ce mec est trop drôle. Entouré de lesbiennes, il compte les points, les avancées, les tentatives, les regards, les manœuvres, les petites *maniguettes*, pour employer l'expression de Bella. Il découvre, ahuri, plein de curiosité et d'humour, le monde dans lequel je vis. Il me fait littéralement fondre.

« Gabriel, tu vas me manquer si je m'en vais !

— Pour aller où, bouchon ? »

Je hausse les épaules, je n'en sais rien, retrouver Yaël où qu'elle soit.

Quelque chose me pousse à remettre Louise au centre de la conversation. J'ai peut-être du mal à admettre que cette garce s'en tire comme ça.

« Donc, si j'ai bien compris, Louise qui voulait tout quitter pour moi, après avoir démoli le *joli petit lieutenant*, aurait des vues sur la stagiaire ?

— Il y a de ça.

— Je n'y crois pas un instant. Disons : tant qu'on ne m'a pas présenté la stagiaire…

— T'es mal barrée, Swany, je te jure ! Tu ne veux pas y croire, c'est tout.

— Non mais arrête ! Ce n'est pas possible !

— Pense ce que tu veux, mais tire un trait, hein, bouchon ? Saisis ta chance. *Now !* Bordel, sois un homme, ma fille, merde ! »

Sur ces bonnes paroles, Gabriel me propose de me raccompagner chez moi. Rentrer où Yaël n'est pas, c'est comme rentrer au carmel sans Dieu. On roule en silence. Une petite voix me conseille de montrer la photo du neveu de Bella à Gabriel ; mon intuition me dit que si je ne le fais pas, un, je suis une traîtresse, et deux, je suis en train de commettre une erreur et peut-être même une faute grave, mais une autre voix me souffle que je peux me le faire toute seule, le fils de pute qui a tué mes pauvres grand-mères ! Et puis je suis fatiguée et puis j'en ai marre ! Les assassins me sortent par les yeux et les flics par le nez !

Gabriel me dépose dans ma rue à quelques mètres de chez moi. Un camion de déménagement quitte le bord du trottoir devant l'immeuble. Boum ! C'est mon cœur qui explose. Je me pétrifie. Les Déménageurs bretons, attendez-moi ! Bella ne m'a pas dit que quelqu'un déménageait. Qui ? Je me rassure : les Rantanplan sans doute. L'appartement est trop exigu pour deux adultes et des enfants qui grandissent. Bella est devant l'entrée de l'immeuble. Elle est toute pâle derrière sa peau noire.

« Je t'attendais, dit-elle, viens, j'ai préparé un bon petit plat haïtien.

— Qui déménage ? (J'arrive à peine à articuler.)

— J'en sais rien, moi mon chou. C'est pas quelqu'un de l'immeuble. »

Je suis Bella chez elle, elle s'affaire aussitôt devant son fourneau. Elle se met à chantonner : « Ça pique sous les tropiques » mais cette fois de sa voix normale. Elle se retourne et me regarde avec un sourire inhabituel, empreint de tristesse.

« Tu vas me dire ce que tu penses de cette recette.

— Qui peut bien déménager ?

— Swany, mon chou, assieds-toi ! Tu me donnes le tournis. Qu'est-ce que ça peut te faire qui déménage ! »

Elle croit qu'elle va m'endormir avec son petit plat qui va m'arracher la gueule !

Elle sert le *clairin* pendant que je me vide de mes tripes. Je suis un poisson éventré sur le bord d'un évier blanc. Qui a planté le couteau dans le trou près de la queue ? Qui l'a enfoncé, a pressé le manche, a fendu son ventre en faisant remonter la lame ? Qui a écarté les bords, qui a mis son doigt dans l'amas gluant et indéfinissable des viscères sanglants, qui les a entraînés d'un geste précis vers la sortie ? Qui m'a fait ça ? Je suis un poisson vidé, je suis un poisson volant. Je nage, je saute, je survole les flots en furie, je retombe sur le palier du troisième. À travers les rampes et les étages, j'entends Bella qui crie : « Tu n'as pas la clé ! » Je suis un oiseau de feu, je survole l'univers du chagrin sans nom, il faut le baptiser ce chagrin sans nom, il lui faut un nom, je me retrouve en bas, Bella me tend la clé. Mon chagrin s'appelle Yaël disparue, Louise la violeuse, docteur Lewy, Delphine, Adèle !

Scénario 1 : La clé sera dans la serrure, je la tournerai. Yaël sera là, derrière la porte, dans son peignoir de bain. Il s'ouvrira lorsqu'elle me tendra la main pour m'inviter à la suivre et on participera à la deuxième édition du concours du baiser le plus long de l'histoire. Je serai sa ventouse, elle sera la mienne, on se portera, siamoises, jusqu'au lieu du sacrifice. Cette fois sera comme la première, on se possédera jusqu'aux os.

Scénario 2 : Je serai happée par le vide. Je claquerai des dents malgré la chaleur, j'appellerai Greta, je dirai son nom sur tous les tons pour ne pas dire celui de Yaël, je ferai comme au cinéma, je courrai d'une pièce à l'autre, j'ouvrirai tous les placards, ceux qu'on n'emporte pas quand on déménage, ceux qui sont intégrés, et dans les intégrés je trouverai un vieux sac en plastique et je m'étoufferai avec !

J'avale les marches, je claque des dents, je vais mourir. Je suis un cheval fou.

Je me fracasse contre ses murs. Quelque chose m'échappe dans ce schéma ! Il manque une pièce du

Lego. Laissons tomber le puzzle, c'est surfait et c'est plat.

Je marche dans l'appartement vide. Mais pas vidé. Où est Greta ? Tout est en place. Le lit est toujours défait. *La statue est toujours à la même place mon chéri, mon chéri ou ma chérie ? Non, mon chéri, j'entends le vent, je t'aime, la ville est morte depuis que tu es partie mais la statue est toujours à la même place, Eugène Sue me regarde, mon chéri ou ma chérie ?* J'entends ma grand-mère, j'entends « Le télégramme » qu'elle écoutait religieusement, Yves Montand quel artiste *y en a plus des comme lui*, j'entends le vent, je t'aime, je tombe sur le lit, les bras en croix, la ville est morte depuis que tu es partie, Eugène Sue me regarde, il a les yeux de Greta, Greta noire de la tête aux pattes, je l'ai pas dit, qu'elle est noire, Greta, y en a qui n'aiment pas les chats noirs, quand on aime les chats, on les aime tous, les gens c'est pareil, sauf qu'on en aime certains plus que d'autres et même on peut en détester certains, c'est pas défendu, on n'est pas des disciples de Jésus, aimez-vous les uns les autres, Greta saute sur le lit, me passe sur le corps, se cherche un endroit doux et lisse, sans os. Oui, là, c'est bien, là, dans le creux du ventre, Greta s'installe.

J'entends l'ascenseur qui monte, Greta aussi l'entend. Elle dresse ses oreilles et d'un bond tout en me plantant les griffes dans la peau du bide, elle s'élance vers l'entrée.

La voix tonitruante de Bella la précède dans la chambre : « Swany ! Qu'est-ce que tu fabriques là ?

— J'attends Yaël.

— Mon chou, elle va revenir, je te l'ai dit, c'est inéluctable, je ne te dis pas que ce sera pour la vie, avec vos caractères… on ne peut pas prédire avec exactitude ce que vous allez faire de ce bonheur qui vous tombe du ciel. Ah, Swany, tout le monde n'est pas tes mères… ce mariage, ce mariage de tes mères ! Ça, c'est de l'amour ! Viens, Swany, mon ange. »

Pendant que Bella s'affaire dans la cuisine, je fais un tour dans le salon, et là, je vous le donne en mille, la photo du neveu a disparu ! Je ne peux m'empêcher de m'exclamer : « Encore !? » Et d'interpeller Bella. « Bella ! Où est passée la photo de ton neveu ? »

Elle ne répond pas. Je la retrouve dans la cuisine en train de goûter son petit plat.

« Bella, la photo… » Elle nous sert une nouvelle tournée de rhum malgré mes protestations.

« Où elle est la photo de ton neveu ?

— Ah ne me parle pas de ce bandit ! Il est encore venu me taper de cent euros ! Je l'ai surpris en train de fouiner par ici…

— Fouiner ? Fouiller ?

— Appelle ça comme tu veux, mon chou.

— Il te vole ?

— Non, il fouine.

— Et la photo ?

— Tu es sûre qu'elle n'y est plus ? »

Elle vérifie et revient :

« Il a dû la prendre, pour son vodou, je ne sais pas moi… Tiens, bois ça, tu vas peut-être en avoir besoin ! Allez, cul sec ! »

En avoir besoin ? Pourquoi ? Bella sait quelque chose qu'elle me cache ! Je m'exécute, la tremblote que ses mots ont instantanément provoquée me fait avaler de travers. Le rhum coule sur mon menton, descend dans mon cou. Bella m'en sert un autre. Cette fois je n'en perds pas une goutte.

« Lis ça maintenant. »

Elle pose une lettre devant moi. Vous imaginez bien que la photo du neveu est immédiatement tombée dans les oubliettes du château de Dracula. Bella dit que Yaël l'a laissée dans l'après-midi. Yaël est venue, Yaël est revenue ! Cette fois je n'ouvre pas l'enveloppe avec les dents. Je tremble tellement que je n'arrive pas à la décacheter, je m'applique pourtant. Fais les choses correctement pour une fois ! Je vois tout de suite que les premières lignes sont au passé composé, un temps qui ne me dit rien qui vaille.

Swany,

J'ai eu si mal le soir où tu ne m'as pas attendue que j'ai pensé mourir. Je t'avais demandé si tu voulais m'épouser. Tu avais dit oui mais sans doute n'avais-tu pas suffisamment réfléchi. Le hic, c'est que sans toi plus rien n'a de sens. Mais quel sens peut avoir la vie avec toi si tu n'es pas fichue de ne pas t'envoyer en l'air dès que j'ai le dos tourné !

Bella me regarde accuser le coup. Je lui tends mon verre. Elle dit que ça suffit, que j'ai assez bu.

« Bon alors, je mets trois couverts ?

— Attends, je ne sais pas, je ne comprends pas… »

Mes yeux sont brouillés de larmes.

« Tu ne comprends pas quoi ? Montre-moi cette lettre !

— Non.

— Si. Si je ne sais pas ce qu'elle te reproche exactement, je ne vois pas comment je pourrais t'aider. Alors, montre ça ! Bella commence à lire à voix basse : *Swany, j'ai eu si mal le soir où tu ne m'as pas attendue*... C'était quel soir ?

— Tu étais encore à l'hôpital, c'est le soir où j'ai appris la maladie de ma mère. Yaël m'avait dit qu'elle ne savait pas à quelle heure elle rentrerait. J'étais perdue. Et Louise n'arrêtait pas de m'appeler. Elle est venue chez moi…

— Et Yaël l'a su…

— Yaël n'est pas rentrée, cette nuit-là.

— C'est ce que tu crois, pauvre naïve.

— Non, elle n'est pas rentrée ! » Je m'entête dans le déni, j'ai peur de cette vérité que je m'efforce d'ignorer depuis tous ces jours sans Yaël.

« Voyons la suite : *quel sens peut avoir la vie avec toi si tu n'es pas fichue de ne pas t'envoyer en l'air dès que j'ai le dos tourné.* On ne peut pas lui donner tort… et à mon avis, elle est rentrée… je n'arrive pas à comprendre comment tu fonctionnes, Swany, qu'est-ce qui ne va pas ? Allez mon chou, sors ton téléphone, appelle-la, elle attend, je le sais, je vais mettre trois assiettes, c'est pour vous deux, ce poulet qui mijote… Ah Bella, Bella, te serais-tu trompée… non, non, non, non, non… cette fille, là-haut, elle était pour Swany, mais Swany n'a fait que des bêtises, cette fille, là-haut, tu te rends compte comme elle est belle et puis elle est dans le cinéma et puis elle est d'une bonne famille, et puis, Swany, elle t'aime et toi la première chose que tu fais quand tu apprends le malheur de ta mère, tu appelles l'autre, pourquoi n'as-tu pas appelé Yaël, qu'est-ce qui ne tourne pas rond dans ta tête ? »

Ce n'est pas ma tête qui ne tourne pas rond ! C'est la vie. C'est la police, c'est la justice, c'est Louise qui m'a humiliée, c'est l'hippocampe de ma mère qui va se remplir de petites boules rigolotes, c'est Bella qui boit trop, c'est la racaille qui viole et tue des vieilles dames sans défense, celle qui égorge un vieux juif parce que juif, c'est cette fille juive qui fait bouffer des croquettes casher à son chat, qui s'en va sans rien dire et qui me reproche je ne sais quoi ! Comment reprendre le cours de cette histoire, revenir à son commencement, effacer les malentendus, et tout ce qui a dérapé ce soir-là ?

« Bon alors je les mets ces assiettes ?

— Tu me parles d'assiettes alors que ma vie ne tient plus que par un fil ! »

Je braille, je renifle, je me vomis à l'intérieur du corps.

« Je dirais qu'elle tient à un coup de fil, ta vie. Appelle-la. Ah mais quelle histoire ! Quelle folie ! Vous êtes terribles, vous deux, vous voulez me tuer, c'est pas possible ! Je lui ai dit pour ta mère. La maladie… j'ai pas retenu le nom.

— Tu lui as dit que j'en ai deux ?

— Deux quoi ?

— Deux mères…

— Pfff, tu es fatigante Swany ! Ça n'a pas d'importance, ça ! Faut que je t'apprenne les choses ? Est-ce que les autres disent : Ah tu sais, j'ai un père et une mère !? Non ! Alors ?! »

Yaël mange, le nez dans son assiette pendant que Bella, héroïque entremetteuse, semble dormir les yeux ouverts, appuyée sur le verre de rhum qu'elle vide d'un coup sec et remplit à intervalles réguliers. Je dois absolument la convaincre de laisser tomber le rhum, sinon elle finira avec un cancer du pancréas ou du foie et la diète ne suffira pas à la sauver.

Une étrangère dans la maison. Elle ne m'a pas embrassée. Ne m'a pas regardée. Là, je me dis que mon compte est bon et mon cœur fait le ménage dans ma poitrine comme une torche de chalumeau.

Yaël farfouille dans un reste de sauce comme si elle cherchait une pépite. Alors que cette pépite est en face d'elle ! Bella somnole, toujours soutenue par son verre. Mon regard va de l'une à l'autre, ma Noire têtue, ma Blanche engluée dans des griefs non exprimés. Si ça continue, je vais me mettre à hurler.

Soudain Bella sort de son silence :

« Bon, je vais vous laisser parler. L'une à l'autre. Après, vous allez filer là-haut pour votre grande nuit, je sais, ça ne sera pas la première mais celle-là, mes enfants, celle-là c'est celle de la réconciliation, c'est le début de votre route ensemble, le grand vrai départ, je veux vous entendre, je veux l'entendre cet amour, je veux le sentir à travers les murs et les plafonds, j'en veux une part ! Vous me devez bien ça ! »

Bella dégage ses formes généreuses du bord de la table où sa poitrine reposait comme une offrande. « Fermez-moi à clé en partant. »

Yaël esquisse un sourire. Elle dit : « Bonne nuit, Bella. » Puis, toujours sans me regarder :

« Je vais monter, je me lève tôt demain, demain soir je dîne chez mes parents, ensuite je dois repartir quelque temps pour mon travail. Des repérages… en Israël. »

Voilà, elle m'a débité le programme d'une traite ou presque.

Bordel ! En Israël. Qu'elle me tue tout de suite ! Qu'on en finisse. Un éclair me traverse la tête. Ah non, non, tu ne repars pas ! T'y fais quoi dans le cinéma ? Si tu étais comédienne, ça se saurait tout de même ! Tu pourrais. Tu as tout ce qu'il faut pour cela, tout ce qu'il faut pour me faire crever de jalousie, de manque, de solitude. Tu veux quoi, que je me flagelle, que je gravisse sur les genoux les marches du Sacré-Cœur ? Le rôle de la salope qui m'ignore obstinément, qui parle sans me regarder en essuyant la sauce du poulet haïtien, chapeau, il est pour toi, l'essai est concluant ! Je tremble de rage et de désir, du désir de te prendre sur cette table, et de me rendre à toi sans condition. J'agite le drapeau blanc, j'avance, tu me laisses avancer, toujours enfermée dans ta rancune tenace. Enfin tu relèves la tête, enfin tu me regardes, ignoble prétentieuse, donneuse de leçons !

Ses yeux, des puits d'eau verte et de mousse dans lesquels je me noie. Le moment est venu d'abdiquer.

Je m'invective : Arrête de faire ta *moundongue* ! (Mot appris de Bella qui me le sort chaque fois que je résiste à ses conseils.) Je me rends :

« Je ne sais pas ce que j'ai fait mais je te demande pardon.

— Tu ne sais pas ? »

Je secoue la tête.

« Non, je ne sais pas. Bon, oui, je sais… »

Yaël lève légèrement un sourcil, avec un air moqueur qui ne me dit rien qui vaille. Le vert de ses yeux s'assombrit.

« Je t'avais dit que je rentrerais tard, il faudra t'y faire, tard, c'est tard. J'ai pensé à toi toute la journée, ah, ça me tue de te le dire ! Et tu n'étais pas là, c'est tout ! Tu n'étais pas où tu aurais dû être, où je pensais te trouver, c'est-à-dire chez nous, dans notre lit, je suis descendue… devant ta porte, j'ai entendu, j'ai compris… je me suis assise dans l'escalier, juste au-dessus, tu vois, et j'ai pleuré. Comme une conne ! Je suis restée là, prostrée, jusqu'à ce qu'elle parte. Je l'ai vue quand elle est partie. Je ne te demande pas si c'est elle, celle qui t'a…

— Oui, c'est elle.

— Comment, mais comment as-tu pu… cette femme qui t'a…

— Je ne sais pas ! Merde, je ne sais pas !

— Tu n'es qu'une sale baiseuse ! C'est tout. »

Elle recommence à chercher sa pépite d'or dans son assiette. Ne me dites pas que tout va finir comme ça. Je n'aurai pas assez de trois mères pour tarir toutes les larmes de mon corps, pour recoudre la déchirure qui me fend de la tête aux pieds.

On reste longtemps comme ça, effrayées par la rupture qui se profile, inéluctable et violente malgré le silence. Pourtant elle a dit : Je rentre tard, tard c'est tard, il faudra t'y faire. *Il faudra t'y faire.*

Mon Dieu, le rivage est tout proche, mais je nage comme un caillou, je ne remonterai jamais jusqu'à la grève sur laquelle je la vois s'éloigner. Empêche-moi de couler. Je dois absolument dire quelque chose, ne pas laisser le silence s'installer. Dans deux minutes il sera trop tard.

« Tu as appris les gestes qui sauvent, le bouche-à-bouche, tout ça ? »

Elle me regarde, interloquée. Hautaine, presque. Avec toujours ce sourcil qui monte. Je continue :

« On devrait réviser, toi et moi, on n'est jamais assez sûr de ce qu'il faut faire. Moi, je tenterais tout pour relancer ton cœur, jusqu'à l'épuisement. Remettons les compteurs à zéro, s'il te plaît…

— Allez, viens. »

Elle lâche, elle craque, c'est comme un matin qui se lève, comme un nœud qui se défait. Voilà, comme ça, juste ces deux mots. L'absolution des péchés. Je baiserai tes pieds.

On se déshabillera. On ne fera rien. On restera côte à côte, on s'écoutera respirer, déglutir, soupirer, on s'écoutera se désirer mais comme on est punies, toi par moi, moi par toi, on ne fera rien. On attendra. Et au matin on se réveillera emmêlées l'une à l'autre.

On ne fera rien. On sera nues, face à face. On ne dira rien. On se regardera. Millimètre par millimètre on fera le tour de nos corps. Moi je commencerai par ta bouche. Quelle merveille, ta bouche, je comprends parfaitement les motivations du Japonais qui a mangé une étudiante, j'ai un besoin irrépressible de ton sang, du sang de ta bouche dans ma bouche. Putain, regarde-moi ! Regarde-moi, et prends-moi telle que je suis.

J'ai un besoin irrépressible de ta peau. Je voudrais qu'elle me recouvre, qu'elle me donne ta beauté, ta chair de poule lorsque tu as froid, ta sueur lorsque tu transpires, tes petits grains de beauté qui jouent aux dames dans ton dos, ce minuscule bouton qui naît sur ta cuisse, ce duvet qui blondit au soleil.

J'ai un besoin irrépressible de ta langue, je voudrais qu'elle remplace la mienne, qu'elle compte mes dents sans se tromper, qu'elle repeigne l'intérieur de mes joues, qu'elle tapisse mon palais de ta salive douce-amère, j'ai un besoin irrépressible de tes yeux, je veux qu'ils se substituent aux miens, qu'ils s'installent dans mes orbites, je veux tout voir comme tu le vois, j'ai un besoin irrépressible de ton cou, je veux mourir, là, juste à la naissance de ta nuque, je veux rentrer dans tes oreilles, elles sont si parfaites que, en les regardant, je ne pense plus comme ça m'arrive tout le temps lorsque je regarde les oreilles des autres, les miennes aussi d'ailleurs, qu'elles sont les vestiges singuliers et effrayants de notre animalité, ces bizarreries posées là de chaque côté du visage, symboles d'une évolution qui n'a pas trouvé mieux pour nous donner figure humaine. Et nous permettre de nous entendre.

Je veux mourir en t'embrassant, en écrasant tes seins, en fouillant dans ton ventre, je veux tes griffes et tes morsures, je veux glisser le long des muscles de tes bras et remonter et redescendre, je veux te prendre quand tu dors, et que tu prennes ton tribut à mon corps.

Je veux. Je veux ne plus vivre si c'est vivre sans toi.

Épouse-moi.

Je veux tracer avec mes doigts les lignes brisées de ton bassin, m'attarder sur leurs hauteurs pointues pour aspirer à redescendre, glisser sur la pente douce de ton ventre jusqu'à l'entrée de notre histoire commune, et je veux repartir en courant mettre mes doigts dans ta bouche, et les remplacer par ma bouche. Je veux sonder, prélever, combler, je veux que nos sexes s'accolent, se collent et se mélangent, je veux fouiller dans tes cheveux, les emmêler, les respirer, trottiner vers tes acromions en passant par tes clavicules. Je veux la naissance de tes sourires, la plante de tes pieds, la paume de tes mains, je veux les phalanges de tes doigts, la courbe insensée de ton ventre, les anses de tes hanches, tes rotules, tes ongles, tes chevilles, je veux voir le plaisir s'amarrer à ton port et faire vaciller ton regard, je veux te voir mourir et te ressusciter.

Que la fête commence.

Elle me déshabille sans me quitter des yeux.

Je fais glisser les bretelles de son soutien-gorge, son slip jusqu'à ses pieds. Et mon cœur s'arrête, là, devant le *milagro* de la vie.

Elle a dit je prends tout. Il ne restera pas une seule miette de toi. Tu n'auras plus de goût à rien, ce sera moi ou rien.

Tope la, je suis d'accord, je serai ta femme servante, je serai ta carmélite, je ne verrai plus le jour ou la nuit qu'à travers tes yeux, je serai ta Pénélope… bref, tu vois le genre, je serai ton écarlate, ta tulipe noire et ta fleur de cactus, je serai ton flic de Beverly Hills, je prendrai jour et nuit tes empreintes, je prendrai mon plaisir dans le tien, on n'en finira pas, jamais, jamais ça ne finira, nos corps à corps, nos souffle à souffle, plainte pour plainte, râle pour râle, jusqu'au bout de tes forces, je creuserai ton ventre, j'occuperai ta bouche, je n'arrêterai pas même si tu demandes grâce.

Dépouillées, dévastées, nettoyées, récurées. Évanouies, endormies. Le petit jour nous réveille, on n'a pas fermé les persiennes. Redevenons des gens ordinaires :

« Tu connais les demoiselles du quatrième ?

— Ah oui, dis donc ! (Yaël étouffe un fou rire.)

— Ne ris pas, c'est mal de se moquer des gouines ! »

Elle se redresse sur son coude, presque choquée.

« Oh Swany ! Non !

— D'accord, non, pas gouines. Je m'offusque lorsque Bella parle comme ça ! Et parfois je prends un malin plaisir à cette humiliation, car dire ces mots pour les « demoiselles du quatrième », c'est les dire pour nous... Bon bref, c'est un peu grâce à elles que nous sommes ensemble finalement, elles ont préparé les invitations, elles auraient pu nous oublier ...

— C'est surtout grâce à Bella. Elle est un peu sorcière.

— J'ai assisté au vodou, chez elle.

— Quoi ? Sans rire ?

— Bella portait sa robe de cérémonie, il y avait des gens plein la chambre, des hommes et des femmes, des sorcières comme elle ! C'était impressionnant. Elles ont dû me ramener chez moi, je ne tenais plus debout, un peu comme si on m'avait jeté un sort et dans la nuit, sans m'en rendre compte, je suis venue ici. Le lendemain matin Bella m'a trouvée dans ton lit...

— Tu es somnambule ?

— On ne me l'a jamais dit. Non, je n'ai jamais fait ça... c'est la première fois. C'est bien, les premières fois, tu ne trouves pas ? »

Yaël m'embrasse. Le désir me revient pas vagues et le plaisir, celui que le désir fait jaillir sans qu'il soit besoin de le satisfaire, et tout à coup je ne sais quelle mouche me pique, je lui demande ça : « Est-ce que tu as déjà vu tes parents faire l'amour ? »

Yaël répond par un éclat de rire que je qualifierais de défensif. Je suis fascinée par l'éclat de ses dents, par sa bouche que je mords. Attention le Japonais en moi se réveille !

« Alors, est-ce que tu les as vus ? Ça te gêne que je parle de ça, c'est bizarre d'ailleurs, j'ai horreur de parler de ces choses-là mais avec toi, je ne sais pas...

c'est comme si un barrage avait cédé et tout emporté. J'ai tant de choses à te dire. Alors ? Tu les as vus ?

— Non, je ne les ai pas vus. Et toi ?

— Une fois... le mois dernier... tu vois, j'ai dû attendre d'être une grande fille, ainsi, je n'ai pas été traumatisée dans mon enfance ! Ce jour-là, j'ai entendu des bruits en passant devant leur chambre... tu sais, les bruits... de l'amour, j'ai attendu que cessent les râles de l'orgasme, j'étais pétrifiée, je ne sais pas qui a joui en premier... je ne devrais pas te raconter ça, mais j'en ai besoin... je crois qu'*elles* ont joui en même temps, je te choque ? Oui, je le vois mais il n'y a rien de choquant, au contraire, les femmes sont capables de ça, de s'attendre et de mourir ensemble... tu as compris, là, ce que je dis ? Je te parle de mes deux mères... Est-ce que tu as compris ? »

Yaël me sourit, silencieuse. Je continue :

« Au bout d'un moment, lorsque le calme est revenu, j'ai ouvert doucement la porte, *elles* dormaient, je me suis approchée et j'ai ramené le drap sur leurs corps abandonnés. J'étais déjà malade de toi ! C'était un jour si particulier... je sentais que quelque chose ne tournait pas rond, je ne savais pas quoi. On avait mangé sous l'arbre, Delphine me paraissait bizarre, lorsqu'elle est partie se reposer, Adèle est allée la rejoindre, mais elle est revenue pour me dire qu'elles allaient se marier. »

J'éclate en sanglots et Yaël, désemparée, m'attire contre elle.

« Oh Swany, c'est rien... ne pleure pas.

— Je viens de te présenter mes mamans et je ne sais pas pourquoi je pleure ! Je vais encore les décevoir. Elles ne voulaient pas que je sois flic, ça les a traumatisées, et maintenant l'estocade, je vais leur annoncer que je suis homo alors qu'elles auraient mille fois préféré que je sois l'hétéro de la famille ! Pas de chance ! Désolée de vous faire de la peine ! Tu ne trouves pas ça complètement… débile ?

— Non… elles savent sans doute le prix à payer.

— Quel prix ? Payer quoi ?

— Oh je ne sais pas ! Je dis ça comme ça. Et puis tu le sais bien ! Tu le vois bien ce qui se passe… De plus, des parents qui souhaitent que leurs enfants soient homos, ça n'existe pas ! C'est con des parents de toute façon !

— Ouais… Ils sont juifs orthodoxes les tiens ?

— Non. Mais on fait le shabbat.

— Et le chat alors ? Ses croquettes !

— C'est ma tante !

— Et ton frère. Il l'est ? Je l'ai pris pour ton amoureux, la première fois que je vous ai vus. J'ai eu si peur de t'avoir perdue avant de t'avoir… eue, quand il te serrait contre lui. Tu ne trouves pas bizarre qu'on ne se soit pas rencontrées avant le jour des voisins ?

— Non. On n'a pas les mêmes horaires, on n'a pas la même vie…

— Et alors, comment on va faire ?

— On aura toutes les nuits. »

Silence. Puis elle dit : « Je te le demande pour la deuxième et dernière fois, Swany, veux-tu m'épouser ? »

Alors que le jour n'est pas encore levé, le téléphone nous réveille ; barbouillées de fatigue, les lèvres scellées par les sèves mêlées de nos bouches et de nos orgasmes dans un lit cataclysmique. Gabriel me dit que je dois rappliquer en vitesse, qu'on est sur un gros coup qui fera peut-être avancer l'enquête sur les meurtres des vieilles dames… quel gros coup ? J'ai dû rater un épisode. On ne me dit pas tout dans cette boîte ! Je murmure dans un souffle : Yaël est revenue, on se marie…

Je me penche sur Yaël qui s'est rendormie, je l'embrasse comme on adore, je donne ses croquettes à Greta et je m'en vais dans la douceur d'un matin que je trouve étrange et délicat comme une aquarelle de Marie Laurencin.

Première vision : Louise vêtue d'un gilet pare-balles. Putain, j'ai peur.

Je me barre dans les toilettes. Je ne peux pas. Je n'ai plus envie de jouer aux gendarmes et aux voleurs. Gabriel me trouve en train de me rincer la bouche, appuyée au lavabo. « Amène-toi, Swany, elle va péter un câble, viens. » Je le suis. Il se retourne : « Alors, t'es heureuse ?

— Oui. Et j'ai peur. J'ai toujours eu peur de la perdre, et maintenant j'ai peur qu'elle me perde. »

Un instant plus tard Gabriel et Louise ont une discussion plutôt animée. Gabriel est en colère, Louise froide et déterminée. Je les entends, Louise s'en fiche, on dirait même qu'elle fait exprès de parler plus haut que d'habitude afin que je sache à quoi m'en tenir.

J'entends : « Tu ne peux pas lui faire ça. — Quoi ça ? C'est son boulot. Elle vient avec nous, un point c'est tout. — Si jamais il lui arrive malheur Louise… — Oui ? Tu feras quoi ? Il n'arrivera rien. Que veux-tu qu'il arrive ? — Elle a peur, tu comprends ? Peur ! Aujourd'hui, elle a peur, elle peut très bien ne pas venir… — Elle vient. — Tu feras vraiment chier jusqu'au bout, Louise ! — Modère tes expressions, s'il te plaît. Je ne fais que mon boulot. Et elle fera le sien. — Tu te venges. — Tu m'emmerdes. »

Maintenant, Louise parle devant le grand tableau. Je ne vois que ses mains, la droite surtout qui indique un parcours sur un plan. Elle pose son index sur un point précis. « Là, on arrive par là. On contourne là. Selon l'indic de Gabriel – Gabriel a un indic ! je le découvre, avec un petit pincement au cœur ou une éraflure à ma fierté –, ils seront là, plus ou moins défoncés. Des fous furieux, violents, sans doute armés. Faut pas se tromper de cible. Il y a par là des campements de SDF et de migrants, toute une population marginale, jusqu'au périphérique. Des squats dans des hangars, des entrepôts abandonnés, certains en voie de réhabilitation, la SNCF vend ses bâtiments au grand dam des squatteurs, à des municipalités, à des mécènes. – Elle revient aux photos. – Avec un peu de chance, ces deux-là seront dans le lot… D'après Swany, l'encapuchonné… est une fille… en tout cas un petit gabarit, si c'est un mec. » Louise, le doigt toujours pointé vers les photos, me jette un regard sans expression. Tu l'auras voulu, je dis aussi fort que possible : « Il n'y a bien qu'une femme pour avoir l'idée d'en violer une autre avec un instrument », mais Louise écourte les hostilités : « Donc, tout le monde a compris, sur ce coup, on ne se rate pas. On va serrer cette racaille. Bon, pas la peine d'y aller en procession », dit Louise. Elle désigne six fantassins. « Non, pas *vous* », dit-elle à la stagiaire qui m'a enfin été présentée cinq minutes plus tôt et qui aimerait bien ouvrir son compteur d'arrestations. Mais Louise ne veut pas prendre de risques. Manquerait plus que la stagiaire se prenne les pieds dans le tapis. « Gabriel, avec moi, Swany, ton gilet. » Elle ne me dit plus « vous », elle s'en fout. On part en guerre. Les convenances n'ont plus cours. Elle m'aide à enfiler mon gilet, à l'attacher. Pendant que ses mains courent sur moi, mes yeux se posent sur les photos du tableau et je m'entends penser : *D'après Swany, le mec au bonnet ressemble bien, finalement, au neveu de sa voisine.* Je sens le souffle de Louise sur moi, rapide et léger. Elle ne sourit pas ; est-elle encore avec moi dans ces chambres où l'on s'est aimées, où elle me déshabillait au lieu de m'habiller, dans celle où elle m'a violée ou déjà dans le squat bien connu des services de police ? Ou dans les bras de la stagiaire dont je surprends le regard posé sur moi.

Au moment où la troupe s'ébranle, Gabriel reçoit un appel, de son indic apparemment. Les rats ont quitté le navire. Opération annulée. Je retourne vomir dans les toilettes.

18.

« Swany, ce n'est qu'un repas, rien de plus. » Je sais, j'ai consulté Google qui donne les mêmes chances de savoir à tous les ignorants. Qui en dit plus aux malades sur leurs maladies que les médecins. Qui vous fait cuisiner comme un chef. Et qui peut même vous faire croire que la Terre est plate et qu'aucun avion n'a foncé dans le Pentagone. Voici donc, en bref, ce qu'il ressort de mes recherches un peu bâclées : Le shabbat est le jour où les juifs s'arrêtent de travailler, du vendredi soir au samedi soir. C'est une fête, on mange, on partage des repas en famille. Les étrangers sont parfois acceptés, comme moi, ce soir, chez Yaël. *Ce n'est qu'un repas,* d'accord mais avec des chandelles, une belle nappe et de la vaisselle choisie ; le vendredi soir, le menu est plus léger que celui du samedi, tout est mis à cuire avant l'heure fatidique, celle où on ne peut même pas appuyer sur un bouton pour allumer ou éteindre l'électricité. Chez les juifs orthodoxes. Eux ne le sont pas, Yaël me l'assure. Qui mieux qu'elle peut le savoir ? On fait shabbat sans être orthodoxes. C'est pourquoi, dès le vendredi soir, les Ackerman se réunissent autour d'un rituel immuable, un peu comme si nous, chrétiens, croyants ou non, disions une sorte de petite messe le dimanche en famille avant le poulet rôti.

Eux : ce qu'ils savent de moi. Que je suis une amie de leur fille depuis la fête des voisins de l'immeuble. Que nous nous rendons des services, surtout moi, que je m'occupe de son chat, de son courrier, etc., que je suis lieutenant de police. Donc une bonne relation, tout de même, ne faisons pas la fine bouche ! Ce que je sais d'eux : père avocat, mère dans l'immobilier, frère dans l'armée en Israël. Tante qui achète les croquettes de Greta.

Assignée à résidence devant mon ordi, dans l'attente de cette soirée que je redoute, je tue le temps en effectuant quelques recherches supplémentaires sur les juifs, je révise le shabbat car je ne veux pas être prise au dépourvu, commettre un impair, avoir un mot déplacé. Donc, je bûche sur la question. Quand ça s'agite autour de moi, je passe rapido sur le dossier du vieux juif assassiné. En fait, personnellement et professionnellement, je reste dans le registre juif. J'ai rassemblé et vérifié une multitude d'informations, des témoignages de première et seconde main, épluché un maximum de documents sur la pauvre victime et une quantité non négligeable sur quelques antisémites maladifs ou d'occasion, bien connus des services de police mais jusqu'à preuve du contraire, et en l'absence d'éléments probants, non inculpés, même pas mis en garde à vue, et pour tout dire, même pas présumés innocents.

Si tous les chemins mènent à Rome, toutes nos pistes semblent ne mener nulle part. Ça commence à chauffer en haut lieu… Et le fiasco de l'opération qui devait nous mener à la victoire n'a pas arrangé les choses, le haut lieu veut des résultats, surtout pour nos deux vieilles ! Et Gabriel s'énerve : « Le Juif, ils s'en foutent, ça fait toujours trop de vagues, faut pas heurter une partie de la population… bordel ! Ils ne vont pas nous faire chier, regarde où ils en sont avec le crime du XIe, des mises en examen, peut-être, mais au final, quoi ? Hein ? Quoi ? »

Louise n'a pas quitté son bureau. Du mien, je la vois et elle me voit. J'essaie de ne pas trop lever le museau car chaque fois que je rencontre son regard c'est comme si je recevais un coup de poing dans le plexus ou dans la mâchoire. J'ai tant aimé ce corps qu'il m'est impossible de le renier comme on claque des doigts, j'ai trop aimé faire l'amour avec elle pour oublier le plaisir qu'elle m'a donné. Aimer, ne plus aimer, à quoi cela tient-il ? Quelle alchimie secrète génère la passion ? Telles sont les questions que je me pose et auxquelles je ne sais répondre, en écoutant mon cœur battre la mesure de toutes ces heures sans Yaël. Je ne peux me faire à l'idée d'être encore séparée d'elle. Son départ pour Israël approche. Cette idée me terrifie, mais cette fois elle ne disparaîtra pas sans me dire au revoir, sans me donner les clés de notre avenir. À son retour on se mariera. Jusqu'à ce que la mort nous sépare…

Yaël m'attend devant le commissariat. Le choc est violent. Chaque fois, à chaque regard. Notre amour, notre histoire, toi et moi, c'est bien ça, c'est nous, je n'en crois ni mes yeux, ni ma peau, ni mon ventre. Elle me prend dans ses bras, tout est oublié, tout est pardonné, notre vie, notre histoire, toi et moi, c'est bien ça, le compte y est, le compte de tous les jours de notre vie jusqu'à ce que la mort nous sépare. « Ta bouche est un cadeau des dieux », c'est Yaël qui parle, qui souffle ces mots entre mes lèvres et c'est Louise qui sort, qui s'arrête un instant, j'ai le temps de voir la surprise qui l'immobilise, le vague sourire qui crispe son visage. « Bonne soirée, Swany. » Lancé comme un poignard qui se plante au milieu du cœur. Dans le fond, je suis une âme sensible.

« C'est elle ? demande Yaël.

— Oui. Tu ne la reconnais pas ?

— Je ne l'avais vue que de dos… mais je comprends, elle est canon.

— Je ne supporte pas ce mot.

— Tu veux que je dise quoi ? Qu'elle est moche, que je ne sais pas ce que tu lui as trouvé ? »

Elle ajoute, juste pour me déstabiliser, l'air de rien :

« Ce que tu lui trouves… »

Je ne relève pas. Trop préoccupée par ce shabbat, je ne vais pas me lancer dans des protestations outrées.

« Ah, voilà Gabriel ! »

Je fais les présentations. Le regard de Gabriel est la version muette du fameux : Waouh ! Ou : Bordel, Swany, donne-moi la recette ! Comment tu fais ?

Mais qu'est-ce que t'as pour attirer ce genre de merveille ?

Le courant est passé entre eux. Vue et approuvée, semblent me dire les yeux de Gabriel. Yaël m'enlace. Je me sens Dieu.

En route pour mon premier shabbat et sans doute le dernier. Je suis morte d'appréhension. Yaël se moque gentiment de moi. *Ce n'est qu'un repas, Swany.*

Les parents de Yaël ont la soixantaine. Je les trouve beaux. Ils sont si doux et si calmes que j'ai l'impression qu'ils font tout au ralenti ou que je suis dans un rêve avec des gens charmants qui sourient et se meuvent dans l'espace comme des cosmonautes. Je suis bien. Je voudrais que tout s'arrête là. Ne plus avoir peur, ne plus attendre. J'ai si peur depuis que Mum s'en va dans ses nuages, si peur de la revoir et surtout de ne plus la retrouver, je suis fatiguée d'avoir tant attendu Yaël dans cette épuisante exaspération des nerfs et des sens, d'avoir tant fait l'amour, tant donné, tant subi, d'avoir tant bu avec Bella, je n'en peux plus, je veux que tout s'arrête. Maintenant. Enroulez-moi dans cette nappe blanche, mettez ces chandeliers à mes tempes, remplissez la coupe de vin et dites la prière des morts. Je ne veux plus vivre. J'ai eu tout ce qu'on peut désirer.

« Que se passe-t-il, ça ne va pas ? »

C'est la mère de Yaël qui réagit en premier, elle vient entourer mes épaules. Des larmes coulent sur mes joues et je ne peux rien y faire. Trop tard pour les capturer au bord des paupières, et les refouler vers leur pays d'origine, elles ont giclé sans me demander mon avis. Yaël s'approche et m'emporte. « Swany, mon ange… » Pourquoi disent-ils tous ça, « Swany, mon ange », Bella, mes mères, et maintenant Yaël, je ne peux pas être l'ange de tout le monde, vous me demandez l'impossible. Dans la salle de bains, Yaël m'apaise. Je dis : « Ce n'est rien, c'est ce trop-plein d'amour…, cette interminable attente de toi… Et ce qu'a fait Louise… pardon, je t'en supplie, pardonne-moi. Et tout cet amour… que nous avons fait toi et moi comme s'il ne devait pas y avoir de futur pour nous, et la nappe blanche et les bougies et… tout m'arrive en vrac, le bonheur, le malheur, j'ai eu si peur… » Yaël chuchote à mon oreille : « Swany, mon amoureuse pour la vie… »

Nos bouches s'attirent comme chaque fois que nous sommes trop près l'une de l'autre, le shabbat nous attend.

Je prie nos hôtes de m'excuser, je dis : « C'est la fatigue, ma mère malade, le travail, toutes ces horreurs que nous avons à voir quasi quotidiennement. » Je parle du vieux monsieur juif assassiné. Ils sont si discrets qu'ils ne me demandent pas si l'enquête avance.

Le moment est venu d'allumer les bougies qui se trouvent dans deux beaux chandeliers à un bout de la table. C'est la mère de Yaël qui s'en charge. Une fois les bougies allumées, je ne sais ni ce qu'elle fait ni ce qu'elle dit, elle parle hébreu sans doute, est-ce qu'elle lève les mains ? J'ai vu un film où l'épouse semble lire les mots dans ses mains aux paumes tournées vers le visage. Je n'ose pas regarder. Je baisse les yeux. Je suis effarée d'être là, au milieu de cette cérémonie. Dans une corbeille, des petits pains ronds sont recouverts d'une sorte d'écharpe avec des franges qui m'évoque celles de supporters d'une équipe de foot ou de rugby ! Maintenant, le père de Yaël remplit de vin une coupe assortie aux chandeliers. Il dit une prière avant de boire un peu de vin, il verse le restant dans des petits verres pour les trois femmes qui l'entourent, dont moi tétanisée par le rituel qui me trouble plus encore que celui du vodou. Yaël m'observe pendant que son père me dit le nom de la prière qu'il vient de réciter, le kiddouch ; il m'explique le pourquoi de ce cérémonial. En élevant la coupe, on distingue la semaine, avec ses multiples activités, du jour du shabbat. On s'élève en quelque sorte. Étape suivante, rince-doigts, distribution de petits morceaux de pain trempés dans le sel. Ça n'en finira jamais, ça me plaît et je déteste, enfin on mange. C'est l'été, ce sera léger. Pas de poisson, Yaël est allergique. Ça m'arrange, non que je n'aime pas le poisson, mais pour manger du poisson il faut être tranquille, chez soi, surtout si on doit mener un combat sans merci avec des arêtes sournoisement planquées et indétectables à l'œil nu. Bouillon de poulet délicieux. Et après, après je ne sais pas, je ne peux plus manger, je suis dans un rêve, ils sont si gentils, si prévenants ; tout est léger ici malgré les bizarreries religieuses auxquelles on ne peut se soustraire, ils ne sont pas effrayants, ils n'imposent rien, ne jugent pas, ils ne font pas de bruit, ils mènent leur vie et je suis au milieu d'eux, il n'y a aucun danger. Je suis dans l'espace, le vide sidéral. Sidérée.

« Vous ne mangez rien Swany. Quel joli nom... Swany, ça vient d'où ?

— Mes parents sont... proustiens. Si j'avais été un garçon, c'était Swan ! Ou alors, c'est une référence au *Lac des cygnes* ! Les deux sans doute. Je n'ai jamais eu d'explication très claire.

— Vous avez dit que votre mère est malade. Est-ce... grave ? »

J'explique, je raconte la maladie impensable à cet âge-là, je dis qu'on ne comprend pas. Qu'on est anéantis.

« Corps de Lewy... oui, j'en ai entendu parler, on les retrouve dans la maladie de Parkinson, dit le père de Yaël, diagnostic très difficile. Dans le cas de votre mère est-ce qu'on est sûr ? »

Je fais non de la tête. J'ai une boule dans la gorge, je suis dans l'incapacité de dire un mot de plus.

« Finalement, je ne pars pas demain, dit Yaël, comme si elle voulait poser un baume cicatrisant sur mes plaies, c'est reporté, des problèmes d'autorisation pour le tournage et d'autres choses à régler. Il faut tout revoir. Ce ne sera certainement pas avant l'automne.

— C'est maintenant que tu le dis ! Enfin Yaël, pourquoi attends-tu toujours le dernier moment pour dire les choses... importantes. Qu'est-ce que tu envisages pour l'été ? »

Yaël a un léger haussement d'épaules qui signifie : je ne sais pas.

« Alors, c'est bien ? Tu pourrais venir au mariage... de mes parents ? (Yaël se contente de sourire.)

— Vos parents ne sont pas mariés ? relève la mère sans que je décèle le moindre jugement négatif de sa part.

— Non. Ils ont attendu d'être vraiment sûrs d'eux. (J'essaie de plaisanter.)

— D'elles », rectifie alors Yaël, déterminée. Elle ajoute, d'une voix claire et précise, en détachant soigneusement chaque mot :

« Les parents de Swany s'appellent Delphine et Adèle. »

Les parents de Yaël se regardent, comme médusés, mais pas choqués, juste pris de court. Pas facile d'improviser sur ce thème-là. Moi, je suis juste stupéfaite, j'ai cru que mon cœur allait s'arrêter.

« Alors, à vos mères, Swany, dit le père de Yaël en levant son verre.

— À leur mariage ! dit sa mère. »

Je ne sais pas ce qu'ils pensent réellement, ils sont peut-être scandalisés, horrifiés, ils sont si bien élevés qu'ils ne montrent rien.

« Bon, on va y aller, dit brusquement Yaël, il est tard, on a promis à Bella de passer la voir. »

Je remercie les parents de Yaël de m'avoir invitée à leur table en ce jour si important. « Il faudra revenir », dit sa mère. Examen réussi, apparemment, malgré le handicap mamans homos.

Tout le monde s'embrasse. Je ne sais pas si dans leurs têtes, les parents de Yaël ont la même sérénité que celle qu'ils affichent en nous disant au revoir. Ni s'ils soupçonnent que les relations entre Yaël et moi sont plus qu'amicales.

Avant que la porte ne se referme sur nous, Yaël se retourne.

« Autre chose, tant que j'y pense… et pour que maman ne me reproche plus d'attendre le dernier moment pour parler des choses importantes : Swany et moi, on est ensemble ». Je me décide à me retourner aussi, à affronter ces deux belles personnes que j'ai l'impression d'avoir trahies. La porte se referme doucement. Yaël tient ma main.

Dans l'ascenseur, elle me pousse brusquement contre le fond et m'embrasse.

« J'ai tellement envie de toi ! Je n'en pouvais plus. Maintenant, après ce shabbat, c'est comme si on était mariées. À la vie, à la mort. »

Je prends sa tête entre mes mains :

« Tu veux toujours m'épouser ? Faisons-le, s'il te plaît, marions-nous vite, en secret. À mon retour, notre retour si tu viens.

— Non, je ne viendrai pas, tu dois retrouver tes mères seule, toutes les trois, ensemble.

— Je suis sûre qu'elles ont invité un tas de gens.

— Ça ne fait rien. Sans doute des gens qu'elles connaissent et apprécient. Dans l'intimité ce sera elles et toi. Et ici, c'est toi et moi. Et on se marie ! Je m'occupe de tout. Normalement il faut plusieurs semaines pour avoir une date, mais je connais quelqu'un… »

L'euphorie s'empare de nous. On a envie de remercier Dieu même si on n'y croit pas. Plus personne ne pourra rien changer à notre histoire.

Nous sonnons chez Bella. Elle nous accueille avec son rire magique, nous presse contre ses seins moelleux. D'emblée je dis :

« Nous allons nous marier.

— Mes amours, je le savais. On va arroser ça !

— Bella, non, n'oublie pas ton pancréas !

— Une petite goutte seulement… Ah, mes enfants, à travers vous, je respire un bonheur si ancien. Oui, un tel bonheur… on s'aimait, avec mon Désiré… comme vous vous aimez vous deux… j'ai tout vu tout de suite, tout, ah oui tout…

— C'est quoi, *tout*, Bella, tout c'est maintenant ou demain ? demande Yaël. Est-ce que c'est toujours ?

— Hum, hum… tout c'est tout. On peut se tromper sur une partie du tout, je me suis bien trompée pour mon Désiré…

— C'est-à-dire ?

— C'est-à-dire que je n'avais pas prévu qu'il embarquerait… et que la tempête l'emporterait. » Elle ajoute, après un instant de silence : « Ni qu'il manquerait de me tuer un soir de beuverie. Oh, c'était au temps d'avant, un si long temps… »

Le genre d'anecdote qui refroidit l'enthousiasme. Il arrive que bien des années après qu'ils aient été prononcés, les mots apparaissent comme des signes qu'on n'a pas su capter, qu'on n'a pas entendus, qu'on n'a pas écoutés. Si seulement on écoutait mieux, si on savait reconnaître les signes, on saurait comment déjouer l'adversité et le malheur. Mais il n'est pas question, ce soir, de s'attarder sur quelque signe que ce soit puisque de toute façon, le signe n'existe, n'apparaît comme une évidence annonciatrice de catastrophe que lorsqu'il est trop tard pour éviter le pire.

Bella sort deux petits verres du buffet. Il y en a déjà un sur la table près d'une bouteille de rhum. Apparemment un breuvage de supermarché, la réserve de *clairin* authentique est sans doute épuisée.

« Venez, on va allumer les bougies d'Erzulie. »

Nous demeurons sur le seuil de la chambre, pendant que Bella allume les bougies et que la Vierge bleue à l'épée croisée sur la poitrine apparaît au milieu des friandises, des cœurs dorés, des bouteilles. Bella, immobile devant son autel, commence à parler une langue inconnue, elle marmonne et psalmodie, invoque et gronde, se balance comme une barque que des vagues mourantes viennent juste bercer.

Yaël prend brusquement ma main. Elle a du mal à respirer. « Partons », murmure-t-elle. Yaël n'est pas faite pour le vodou ! Bella ne se retourne même pas. Elle est dans son trip. Moi j'ai l'habitude de la voir comme ça, après quelques verres de rhum. Pas Yaël. On décide sur-le-champ que Bella doit arrêter de boire, qu'on va s'en occuper, jeter toutes ses bouteilles, l'amener chez un psy si nécessaire.

Nous montons les étages quatre à quatre. Yaël tremble en introduisant la clé dans la serrure. À peine entrées dans l'appartement nous nous embrassons jusqu'au vertige. Miaulements déchirants de Greta qui réclame ses croquettes. Tout est bien.

19.

Les gares m'ont toujours fichu le bourdon. Et les gens dans les gares.

Jusqu'au dernier instant j'ai espéré que Yaël m'accompagnerait tout en admettant que les raisons qu'elle avançait pour ne pas le faire étaient justifiées. Mes mères et moi, c'était mes mères et moi, nous devions nous retrouver autour de leur alliance officielle comme au premier jour de notre vie commune. Ensemble, nous trois. De son côté, Yaël n'a pas réussi à me convaincre de faire le voyage en avion. Dix heures de train, aller-retour, j'y survivrai, je bouquinerai. En attendant le taxi, je m'arrête chez Bella. Elle ne ferme jamais sa porte à clé. Je lui ai dit je ne sais combien de fois que ce n'était pas prudent, mais Bella Darling n'en fait qu'à sa tête. Je l'ai trouvée juchée sur un escabeau devant la fenêtre de sa chambre.

« Ah, tu tombes bien ! Tiens, passe-moi le tournevis au manche bleu qui est dans la boîte à outils, celui-là ne va pas, cette tringle n'arrête pas de se barrer, tu vois ?

— Descends de là, je vais le faire… »

Un « cruci ! » péremptoire sort de sa bouche, alors qu'elle tient la tringle à bout de bras. « Le manche bleu… », répète-t-elle.

La caisse à outils est bleue aussi, métallique, c'est une caisse de pro de la tuyauterie, à plusieurs compartiments superposés qui s'écartent gracieusement lorsque l'on tire sur les poignées.

« Dis donc, tu es sacrément équipée !

— Il faut toujours avoir un minimum d'outils et savoir s'en servir, ne me parle pas de ces femmes qui ont besoin d'un homme pour planter un clou ! Tu es bien de mon avis ? »

C'est là que je le vois, *le marteau de Gabriel*, avec son pied-de-biche arrache-clous, au fond de la caisse. Celui-ci a un manche rond en bois verni bien écaillé. Gabriel a dessiné un manche plat. En réalité, on ne sait rien ! Dans le fond de la caisse, au milieu des limes et des tenailles, je trouve l'autre marteau, plus gros, plus court, celui que j'ai vu sur le sol lors de la cérémonie, celui qui a servi à fixer le poteau mitan… et sur lequel je me suis tordu la cheville.

« Tu rêves, Swany, il vient ce tournevis ? » Je dis : « Oui, voilà ! », mais je ne bouge pas, troublée par ma découverte.

« Swany envoie le "cruci" ! J'ai mal aux bras !

— Oui, oui, je le cherche.

— Tu ne cherches pas où il faut ! Les tournevis sont tous ensemble, dessus, pas au fond !

— Tu as deux marteaux…

— Non, j'en ai qu'un. Le manche bleu… le cruci bleu ! »

L'arme du crime dans la caisse à outils de Bella ! J'en étais sûre !

Je passe le tournevis à Bella qui me remercie par un soupir excédé. Elle commence à visser et moi ni une ni deux, pendant qu'elle ajuste une énième fois la tringle du rideau sur son support, en soufflant comme un buffle, je sors de ma poche un gant et une enveloppe plastique, j'ai compris la leçon, en service ou pas, toujours un gant et une poche dans la poche ! Je m'empare de l'objet contondant, et le jette dans l'enveloppe transparente qui atterrit lourdement dans mon sac à dos. Mon cœur s'emballe. J'imagine Bella en garde à vue pour complicité de crimes odieux. Et je me dis que j'ai trop lu *Le Club des Cinq* !

« Ah je vois ton taxi qui approche…

— Et dis-moi, ton neveu, il habite où exactement ?

— Il t'intéresse bien mon neveu… il a fait des conneries ? C'est ça ? Dis-le-moi !

— Je ne sais pas Bella, j'espère que non. »

Je pense : Je suis sûre que oui. C'est ma fibre de flic qui transforme mes intuitions en obsessions. Bella descend de l'escabeau. Elle ouvre un tiroir, en sort un bloc de Post-it et un Bic. Elle écrit. Le taxi klaxonne. Elle me tend le petit carré jaune. Je jette un coup d'œil rapide, je lis « rue de l'Évangile ». Elle est bonne celle-là !

« Je te l'ai dit, il squatte par là… du coté de… attends comment ça s'appelle ? … la gare à charbon, vers le périph. Enfin par là-bas…

— Il habite avec sa copine ?

— Quelle copine ?

— Ben, celle qui était avec lui le soir du…vodou.

— Ah celle-là ! Pfff… »

Je glisse le carré jaune dans ma poche. Bella hoche la tête tristement.

« Je ne doute plus que tu sois flic », dit-elle d'une drôle de voix. Pour la première fois depuis que nous nous connaissons j'ai l'impression déplaisante qu'elle m'en veut de ce que je suis.

Dans le taxi je me suis dit que j'étais plus barge que je ne le pensais ; de la gare j'ai appelé Yaël, dans le train j'ai sorti mon iPad et mon casque, j'ai écouté Arthur H. En boucle « La boxeuse amoureuse ». J'ai lu quelques pages de Philip Roth, l'écrivain préféré de Yaël. J'ai appelé Gabriel, décidée à lui parler du neveu de Bella, de sa photo sur mon portable, de son marteau dans mon sac à dos, de son adresse dans ma poche… je lui ai juste dit que tout allait bien.

Tous les voyageurs du Paris-Montparnasse se sont dispersés en quelques minutes ; ne traînent plus dans le hall de la gare de Pau et à l'extérieur, aux abords du parking, que ceux qui attendent le train pour Paris annoncé avec du retard. Et ceux qui ne savent pas pourquoi ils sont là alors qu'ils pourraient être ailleurs, ceux qui n'attendent plus rien de la vie ou ceux qui en attendent trop. Et moi parce que mes mères ne sont pas fichues d'être à l'heure.

Je scrute le rond-point de la gare espérant voir enfin apparaître le véhicule maternel que le soleil et la neige ont fini par décaper. Plus un millimètre de vernis sur la peinture métallisée du capot parsemée de taches noires. Je me consacre scrupuleusement à l'étude de la circulation. Je ne veux penser à rien. Compter, c'est tout. Les voitures blanches par exemple, celles qui mettent le clignotant, celles qui ne le mettent pas, celles qui s'arrêtent pour laisser traverser les piétons aux passages qui leur sont réservés. J'ai le temps de faire des statistiques. Je sens la colère qui monte en moi. Putain quand même, pas fichues d'être à l'heure ! Je me tape cinq heures de train et je suis là, maintenant, à macérer dans cette fournaise.

J'appelle les portables de mes enfoirées de mères. Rien. Je laisse des messages houleux. Je me souviens des sorties d'école. Elles étaient souvent en retard. Je me souviens des regards des mères. Je me souviens de la méchanceté des enfants. *Ton papa, il vient jamais te chercher à l'école. — J'en ai pas. Je m'en fous moi, j'en ai pas besoin d'un papa, j'ai deux mamans. — Deux ?! — Oui, deux. — Ah, c'est cool. Mais pourquoi t'as pas de papa ? — Parce qu'il est mort ! Et les vôtres aussi ils vont mourir !*

Les enfants sont méchants entre eux et je ne l'étais pas moins que la plupart.

La chaleur est quasi insupportable sur ce trottoir. J'entends quelqu'un qui dit : « *Ça va péter avant ce soir.* »

J'appelle Yaël. Elle me dit de ne pas rester en plein soleil. Je lui dis : « Si je retourne dans le hall, j'ai envie de mourir ! Cette gare me rend malade. Cette ville me rend malade. Ah, les voilà ! Je t'aime. »

Ça commence mal, entre mes mères et moi, je fais la gueule. Elles peuvent s'excuser, dire ce qu'elles veulent, me flatter, Oh Swany, Oh, Swany, comme tu es ci, comme tu es ça. Vos gueules ! Vous ne savez rien ! Vous ne savez pas que je trimballe avec moi le marteau des tueurs du XVIIIe ! Et nous voilà dans leur vieux 4 × 4 sans climatisation. Il n'y a pas beaucoup de place à l'arrière, mes jambes sont plaquées contre le dossier du siège devant moi. Avant de mettre le moteur en marche, Delphine, c'est elle qui conduit, ce qui m'inquiète un peu, me tend une feuille de papier.

« Tiens, regarde, lis ça, c'est ce qu'on dira à notre mariage.

— Ah bon. Vous allez parler ?

— C'est moi qui le lirai. (Delphine me sourit dans le rétroviseur.)

— Ça pouvait attendre qu'on soit au chalet », dit Adèle.

Mais au regard de Delphine je comprends que non, ça ne peut pas attendre, c'est tout de suite que je dois prendre connaissance du texte.

« C'est un poème ?

— Oui.

— De toi ?

— Non… Lis-le, tu reconnaîtras peut-être l'auteur. Tu devrais. Tu as fait des études dans un lycée qui porte son nom.

— Ah non ! Mum ! Tu m'as pas fait ça ? »

Dès les premiers vers j'ai un nœud dans la gorge.

« Zut maman !

— Vas-y, lis Swany, lis à voix haute. »

Je déglutis avec peine, je commence après un soupir d'exaspération :

« Que voulez-vous que je fasse du monde / Puisque si tôt il m'en faudra partir. Oh, zut Mum ! C'est…

— C'est quoi ?

— C'est si…

— Si quoi ?

— Triste, enfin, Mum !

— Mais non, allez, vas-y, on t'écoute. »

Alors j'y vais, la rage au cœur :

Que voulez-vous que je fasse du monde
Puisque si tôt il m'en faudra partir.
Le temps d'un peu saluer à la ronde,
De regarder ce qui reste à finir,
Le temps de voir entrer une ou deux femmes
Et leur jeunesse où nous ne serons pas…

Je reste sans voix. J'ai envie de leur dire : je ne savais pas que vous prépariez un enterrement ! Je me contiens. La feuille tremble entre mes doigts. Silence dans les rangs. Je l'ai bien lu, n'est-ce pas ? Et j'ai lu entre les lignes la fin de notre histoire commune, la fin de toutes les innocences.

« Merde Mum, tu exagères !

— Tu sais bien que non.

— Oui mais… (Suis-je censée être au courant de quoi que ce soit ? Adèle ne m'a-t-elle pas recommandé de ne parler de rien jusqu'à nouvel ordre ?)

— Il y a deux autres vers, dit Mum, mais j'ai préféré que ça s'arrête comme ça. »

Adèle se penche vers Delphine pour l'embrasser. Je rêve ou elles se roulent une pelle ? Lorsque leurs bouches se délient, Adèle se tord le cou pour me regarder et je ne sais pas ce que je lis dans ce regard. Tant d'amour, tant de malheur à venir.

« Allez, go ! » dit Delphine en tournant la clé.

Cette vieillerie démarre au quart de tour. Elle sort de la gare, s'engage sans hésitation autour du rond-point, au plus près du bord par la gauche.

« Ça roule bien à cette heure-ci », dit Delphine.

On passe le pont du 14-Juillet, on arrive au bout de la rue et on est pour ainsi dire tirées d'affaire. Après l'interminable ligne droite de Jurançon où l'on se traîne à cinquante kilomètres à l'heure, entre une entreprise de matériaux de construction et une fromagerie, on peut enfin attaquer l'ascension vers les cimes. Personne ne parle. Je voudrais demander : C'est une bonne idée ce poème ?

Je dis : « J'ai entendu quelqu'un dire qu'il allait y avoir de l'orage.

— Oui, ça devient très noir vers chez nous… »

Le poème entre les mains, j'ai envie de chialer. Je tape un court message tout à fait insensé à Yaël : « Au secours. » Elle répond par le smiley qui cligne de l'œil !

Arrivées au chalet, on reste un moment au frais en attendant l'orage. Les premiers roulements de tonnerre se font entendre. Les chattes vont déjà se planquer.

« On dirait qu'il va grêler, dit Delphine.

— Zut, ça va tout hacher dans le jardin, dit Adèle.

— Faudrait peut-être débrancher les ordis et la box ?

— C'est pas fait ? Oui, oui, vite. »

Adèle ajoute, pour ma gouverne : « On a déjà cramé deux box. On n'a pas la fibre ici ! »

Ici. J'ai envie de les contrarier un peu, de bousculer leurs certitudes :

« Ici on est comme des Indiens dans une réserve. On fabrique des jambons et des fromages, on élève des chèvres, on a des cabanes de jardin avec des tondeuses, des bêches et des tronçonneuses, des fils à linge avec des draps qui sèchent, des sous-sols avec des foies gras et des confits. Alors c'est ça, la vraie vie ?

— Qu'est-ce qu'il te prend, Swany ?

— Pourquoi n'êtes-vous jamais parties, pourquoi rester *ici* ?

— Mais Swany… pourquoi aller ailleurs ? »

Et soudain, ça sort de ma bouche : « Moi aussi *je vais me marier »,* juste au moment où éclate un énorme coup de tonnerre qui fait trembler le sol. Un éclair bleu a irradié tout le chalet. Delphine a bouché ses oreilles avec ses mains, elle est restée ainsi un instant, pétrifiée, les yeux fermés. La foudre venait de frapper le pylône du chemin et, par la même occasion, la révélation destinée à les secouer. Et le disjoncteur a sauté.

Pendant dix minutes, il tombe des trombes d'eau. Pas de grêle.

Une fois le ciel apaisé, on réenclenche le disjoncteur, on sort sur la terrasse qui surplombe le jardin. Le soleil, encore un peu pâle, fait briller les feuillages détrempés. C'est beau. Et irrespirable comme l'atmosphère d'un couloir d'hôpital dans lequel on attend, pétrifié d'angoisse, que le chirurgien apparaisse pour nous rassurer ou nous anéantir.

Elles ont fait venir le jardinier, les haies sont taillées, la pelouse est tondue, le mobilier de jardin nettoyé, le barbecue rutilant, les petits coins de verdure que j'ai toujours aimés, ombragés. Même les voisins ont mis leurs parcs et jardins au diapason du nôtre. Les voisins sont invités ? Bien sûr. Et vos amies, j'ai failli dire « les gouines », je ne sais pas ce que j'ai en ce moment avec ce mot qui me dégoûte, je planterais la gueule au premier qui l'emploierait devant moi. (Sauf ma Bella qui a tous les droits.) Mais il traîne toujours dans un coin de ma mallette à vocabulaire, prêt à surgir. À heurter, à provoquer. Je le prononce par défi. Je veux savoir si je peux à l'occasion, *sans penser à mal*, être aussi naze que les nazes !

Personne ne me parle de ma démission, de mon amoureux (amoureuse), personne ne me parle de rien comme si on avait tout inventé, moi, ma démission, et mes mères, la maladie de Delphine. Je ne sais pas comment me comporter, je suis pétrifiée dans mes doutes et mes interrogations, mais décidée à ne pas faire de vagues, même pas de tout petits ronds dans l'eau. J'ai toujours cette impression d'avoir un trou à la place du corps, je veux dire, au centre, je me sens trouée, c'est une drôle de sensation, et quelque chose s'enfuit, je ne sais quoi, Môm et Mum s'agitent. Qui a construit ce mur qui nous sépare ? Adèle vérifie que l'on ne s'est pas trompées de date pour le traiteur, les fleurs… Le traiteur, les fleurs ? Mais qu'est-ce qu'elles me font ? C'est quoi ce mariage-enterrement en grande pompe ? Elles ne voient pas le trou. Elles rient comme elles riaient lorsque j'étais enfant. Comme je les voyais rire, parfois pliées en deux, les bras plaqués contre le ventre.

Mum me paraît si normale que je n'arrive pas à croire qu'elle a cette maladie, ce n'est pas possible, quelqu'un s'est trompé, je dois parler à Adèle, mais elle court d'une pièce à l'autre, de haut en bas, du grenier au sous-sol, fonce dans leur bureau pour téléphoner maintenant que la box est rebranchée ; je l'attrape au vol, non elle repart, excuse-moi chérie mais il y a tant de choses à… Au loin un grondement sourd.

« Ça recommence ? Ah non ! On ne va pas en sortir ! Je dois encore appeler…

— Tu as un mobile ? Maman aussi ?

— Oui, c'est vrai. Je perds la tête. »

Je me réfugie dans ma chambre j'extrais de mon sac mes instruments de survie : portable, tablette, casque, ordinateur. Et le marteau. Je me trouve tellement ridicule que j'envisage de balancer cet outil dans la benne à ordures au bout du chemin. En attendant j'appelle Yaël, on se dit *je t'aime, tu me manques, j'ai envie de toi*, le grand classique. Elle m'annonce qu'elle a commencé à s'occuper des formalités pour notre mariage. Et boum, mon cœur et mon ventre, dans un incroyable synchronisme, me mettent en transe. J'ouvre ma valise, un pantalon, une chemise à défroisser pour demain. Je vais dans la cuisine, personne ne s'intéresse vraiment à moi, je cherche un petit sac en plastique, je me rabats sur un sachet congélation grand volume, je retourne dans ma chambre, je fiche le marteau, déjà à l'abri des pollutions qui pourraient compromettre définitivement son statut de pièce à conviction, dans le sachet à congeler et le tout dans la valise au milieu des T-shirts. Je me demande pourquoi j'en ai pris autant.

Je traîne dans le bureau où elles ont mis de l'ordre depuis la dernière fois.

Le Forçat innocent, de Jules Supervielle, d'où elles ont tiré le poème de l'oraison funèbre est en évidence sur la table de Mum. C'est un très vieux livre de poche, collection « Poésie/Gallimard ». Des illustrations ont été crayonnées autour des textes, dans les marges jaunâtres des pages. Par Delphine sans doute. Encore nourrisson, l'auteur du recueil, né à Montevideo d'un père béarnais et d'une mère basque, fut amené par ses parents dans notre bonne petite ville d'Oloron-Sainte-Marie où les malheureux périrent empoisonnés par l'eau du robinet ou par le choléra, laissant l'enfant orphelin et à jamais gloire de la cité. Le poème, intitulé : « Le temps d'un peu » est l'avant-dernier du volume. Bien sûr je comprends sans approuver le choix de Mum, cet hymne à la vie trop courte, *trop peu*. Le temps d'un peu, c'est tout ce que nous avons. Ce peu que la maladie désintègre et qui s'échappe comme du sable entre les doigts.

Je rappelle Yaël pour lui demander s'il ne serait pas préférable, tout de même, d'informer nos parents de notre intention de nous marier. « Je l'ai fait, dit Yaël. Aujourd'hui. Ils sont au courant. Et rassure-toi, ils ne m'ont pas mise à la porte. D'accord, ils ne m'ont pas félicitée non plus ! On est un peu en froid. Ça passera. Ils me demandent juste de rester discrète. »

Je prends un coup sur la tête. Je ne te mérite pas, je n'ai pas ton courage, je n'ai pas ta force. Mon Dieu oui, oui, oui, je dois dire à mes mamans que je veux épouser officiellement une fille. Elles ne vont pas me bouffer, elles ne vont pas tourner de l'œil ! Mais tout de suite je pense que l'annonce de mon prochain mariage avec Yaël pourrait déclencher une prolifération de petites billes du côté de l'hippocampe de Mum. Je retourne sur Google. Je replonge dans les articles concernant sa maladie. Il n'y aura pas de miracle. On ne peut pas en sortir. Lentement mais sûrement, le mal progressera, il avancera avec des ruses de Sioux et maman finira incontinente et gâteuse. Point barre.

« Quelque chose m'échappe, me dit Yaël. Une femme qui a deux mères lesbiennes et qui n'ose pas leur révéler sa propre homosexualité, désolée mais je n'y comprends rien.

— J'ai toujours été… comme ça, très pudique avec elles et elles avec moi. Je ne veux pas qu'elles se sentent coupables.

— On tourne en rond Swany. Coupables de quoi ? Tu crois que mes parents se sentent coupables ? Oui… peut-être ! »

Je réalise que je ne suis pas à la hauteur de mon histoire, alors que mes mères, elles, au bout d'une trentaine d'années de vie commune, vont faire de leur union un feu d'artifice. D'ailleurs, elles ont prévu quelques pétards. Sur la terre comme au ciel. C'est le monde à l'envers. Je me sens à l'envers, comme un gant trop serré qu'on ne peut ôter qu'en le retournant.

Suis-je vraiment leur fille ? Suis-je la fille de ces femmes qui ne veulent rien savoir de moi ! Ça m'agace, à force, cette discrétion à toute épreuve comme si je n'étais pas leur enfant, une femme comme elles avec ses ambiguïtés et ses mensonges, mais une bizarre entité évanescente, une déesse inaccessible qui n'a de comptes à rendre à personne. La vérité, c'est que je ne suis plus leur petite Swany mais une femme flic qui se demande encore pourquoi et qui chaque jour se trimballe avec un revolver, une femme qui est sortie de leurs radars et qu'elles ne reconnaissent plus, une femme qui court les filles depuis le collège et qui fait l'amour à en crever, *laquelle des deux salopes* qui m'ont larguée dans la nature m'a transmis cet appétit féroce pour le corps féminin ? La question reste posée. Et la réponse n'est peut-être pas la plus logique.

Pendant que mes mères se préparent, je descends dans le jardin. Plein soleil. La journée va être radieuse. Je m'assieds sous le tilleul avec une tasse de café. J'aime bien regarder le ciel à travers les branches des arbres. On n'en voit parfois que de tous petits morceaux, un ici, un plus loin, éclats bleus et blancs d'un puzzle compliqué. J'aperçois un truc tout en haut de l'arbre, une masse sombre, je me déplace pour trouver un angle de vue plus ouvert. Je vois une sorte de bombonne grisâtre, énorme. Merde alors ! Un nid de frelons asiatiques ! J'imagine tout de suite la réaction horrifiée de mes mères. Je me garde bien pour le moment de les informer de ma découverte qui n'a rien d'exceptionnel. Toute la région est infestée de ces bestioles ravageuses. Pour l'heure, les nôtres sont parties en butinage dans les contrées voisines pendant que la grosse reine pionce vautrée dans son palace. Il est temps d'aller chercher ma grand-mère qu'on va avoir du mal à caser dans le vieux RAV4. Il va falloir l'installer à l'avant. Les deux fiancées à l'arrière.

Adèle et Delphine sont éblouissantes. Mamans, vous me coupez le souffle ! Adèle dans un ensemble en satin d'un vert magnifique, Delphine dans une robe en tissu moiré, blanc cassé, ébouriffante de jeunesse, toutes deux chaussées d'escarpins à talons, à brides délicates, une fois n'est pas coutume. Terrassée par l'émotion devant ces deux femmes qui me font face… Finalement, pour ce rallye de l'amour, je conduis le tacot avec plaisir, il a de la reprise, presque de la hargne. Il n'a pas dit son dernier mot. La nouvelle du mariage de deux femmes s'est répandue comme une traînée de poudre dans le village où les distractions sont rares. Les mariages ont généralement lieu le samedi après-midi, au mois d'août naturellement et en grand tralala avec longue robe blanche, demoiselles d'honneur, capeline et coiffure aux mèches savamment incontrôlées. Autrefois, lorsque le village était encore vivant, ils attiraient sur les trottoirs tout autour de la place les commerçants et leurs clients, un peu comme les enterrements. Je me mets à fredonner la chanson de Brassens que ma grand-mère, celle qui n'est plus, écoutait en boucle : *Cortège nuptial hors de l'ordre courant, / La foule nous couvait d'un œil protubérant : / Nous étions contemplés par la masse futile / Qui n'avait jamais vu de noces de ce style.*

Sous les arcades de la mairie, au pied de l'escalier qui mène à la salle du conseil municipal où va être célébré le mariage, je reconnais les voisins et voisines des mères, leurs amies mi-hétéros mi-homos, espèce plus proliférante que la lesbienne type de Gabriel.

Je rabats le dossier de mon siège pour libérer Delphine qui dégaine ses belles jambes du tacot pendant que je me hâte de contourner le véhicule pour aller ouvrir la portière droite afin d'extraire ma grand-mère de son siège et de désincarcérer Adèle, encore prisonnière à l'arrière. J'imagine alors Gabriel, Bella et Yaël surgissant de nulle part… Yaël avancerait vers moi, vers nous, entre ses deux gardes du corps, Gabriel, magnifique en smoking gris, Bella coiffée d'un magnifique turban d'un bleu royal, dans la robe la plus farfelue, époustouflante et bigarrée qu'il m'eût été donné de voir. Des volants mousseux orneraient ses épaules nues ; certes, la robe, ample aux couleurs éclatantes, ne la mincirait pas ! Le trio magique hors de l'ordre courant ferait son petit effet. Plus Yaël avancerait vers moi, plus mes forces diminueraient, alors je liquiderais tout, Louise, le passé, la police pour cet instant magique où je te recevrais, mon ange, en plein cœur. Delphine bouche bée se tournerait vers moi, Adèle en ferait autant. L'émotion me ferait trembler. Je dirais : « Ce sont mes amis de Paris. Ils sont là pour vous, pour moi… c'est votre cadeau de mariage.

— Mais tu ne nous as rien dit ! Swany !

— Ben non, c'est une surprise. Gabriel, mon capitaine.

— Je croyais que c'était Luther, dirait Adèle.

— Bella, ma maman d'Haïti.

— Je croyais de la Jamaïque ? dirait Delphine.

— Yaël…

— Je croyais que c'était un garçon ?

— Yaël, un garçon ?

— Non pas cette personne-là, le Yaël dont tu avais parlé…

— Eh bien c'est lui… elle, c'est elle dont j'ai parlé, c'est Yaël, *its my wife. Ma femme.* »

Adèle ouvrirait la bouche comme pour dire « Ah » mais aucun son n'en sortirait. Delphine me prendrait dans ses bras.

« Oh, Swany, mon ange, quel bonheur ! »

Maintenant, mes mères font le tour de leurs amis présents. Et ma grand-mère fait la fière. Elle marie sa fille ! Des sourires, des rires, des étreintes. Je retrouve mon équilibre. Tout est si doux, si parfait. On gravit les marches de la mairie, dans un léger brouhaha où l'excitation le dispute à l'émotion. Chacun trouve naturellement sa place. Moi, à droite des candidates au livret de famille, face au maire, mémé à gauche. Je suis dans un rêve. Le maire se fend d'un petit discours plein d'empathie dans lequel il exprime sa fierté de célébrer *enfin* son premier mariage… là, il ne trouve pas le mot adéquat, il ne sait pas s'il doit dire « homosexuel », « gay », de « femmes », il s'en sort avec une pirouette qui fait rire tout le monde : « … vous voyez ce que je veux dire ».

Assise à côté de Delphine, je repense à la chanson de Brassens.

Les choses sérieuses et officielles commencent. Delphine Machin Machin voulez-vous prendre pour épouse Adèle Machin Machin ? Adèle Machin Machin, voulez-vous…. épouse… phine…

Pas pleurer, pas pleurer, tous ces mots… mon Dieu, quel salmigondis, je ne comprends rien, jusqu'à ce que la mort vous sépare, personne ne le dit, on n'est pas chez le pape, mais cette mort n'en finit pas de me pourrir la vie ! Ma grand-mère pleure comme une Madeleine, Delphine et Adèle ont échangé leurs anneaux dans le crépitement des flashs et les applaudissements des invités. C'est le moment pour Mum de lire le poème. Il est imprimé sur un beau carton aux couleurs de l'arc-en-ciel. Rien n'est laissé au hasard. Tout doit avoir une signification. S'il ne tenait qu'à moi, on partirait tous en courant.

Delphine va commencer la lecture, elle inspire, souffle, déglutit. Puis elle secoue légèrement la tête, elle semble perdue, elle regarde autour d'elle comme une voyageuse découvrant un pays inconnu et hostile. Elle ne reconnaît rien, sans doute, elle tremble, Adèle l'enlace, l'embrasse, se retient de fondre en larmes. Je prends le carton, je prends le poème, je prends tout, je prends sur moi la douleur de mes mères, *Vienne la nuit sonne l'heure les jours s'en vont…*

Ma grand-mère pleure de plus en plus fort, réconfortée par sa fille, Adèle. Allez, comme au théâtre, vas-y, dis les mots qu'elle a choisis dans ce moment où tout s'est télescopé dans sa tête, sa maladie, le temps qui reste, le travail entrepris qu'elle ne finira pas, sa jeunesse perdue… Je commence, ma voix se casse sur le malheur qui vient. L'arc-en-ciel glisse entre mes doigts et tombe à mes pieds, et je récite le poème, de mémoire, sans flancher, avec le cœur brisé.

Et voilà, maman et maman sont unies par les liens du mariage. Elles tiennent comme une poupée leur beau bouquet de fleurs offert par la municipalité. Nous quittons la salle des mariages, descendons joyeusement vers la lumière de cet été qui n'en finit pas. En bas, les objectifs sont braqués sur ces deux merveilleuses femmes qui sont mes mères.

Ce fut vraiment un beau mariage. Dans le jardin, sous le gros tilleul, dans les petits coins ombragés, on se gavait de mets délicieux. On buvait un peu, on riait, on était si heureux. Ma grand-mère ne pleurait plus, Adèle, mon papa-maman, avait retrouvé son plus beau sourire, Delphine sa gaieté et son humour, elle avait arraché les corps de Lewy de son propre corps, *le temps d'un peu...* J'imaginais les petites billes rondes qui envahissaient son hippocampe en train de fondre comme des cristaux de neige au soleil. Une légère brise soufflait ; au sommet du tilleul l'incroyable nid de frelons asiatiques se balançait tranquillement.

C'est tout cela qui me revient : cette brise sous le tilleul, ces parfums enivrants, ces éclats de voix et de rires, alors que, après une nuit d'insomnie, les yeux fixés sur l'objet contondant, la main sur le manche, je m'apprête à aller le balancer dans le container en bas du chemin.

20.

Dans la voiture avec Gabriel. Je ne sais pas où on va. Pour l'instant on ne va nulle part. Il ne démarre pas, il me regarde l'air amusé et inquisiteur.

« Décidément, vous vous reproduisez entre vous, vous vous clonez ! J'y suis ! Vous faites partie d'un complot international pour nous éradiquer de la surface de la Terre. Nous, les hétéros. Ne me regarde pas avec ces yeux ronds !

— Je ne comprends rien à ce que tu racontes.

— Je parle de la stagiaire. Elle est amoureuse de toi ! Je te l'avais dit, souviens-toi, je t'ai dit qu'elle avait des vues sur toi ! J'ai bien remarqué ses tentatives d'encerclement… C'est une rapide, celle-là ! Ça fait enrager Louise qui voit ses proies lui filer sous le nez ! Il est temps que tu sortes de la liste des cœurs à prendre !

— C'est vraiment n'importe quoi !

— Tu ne vois rien ?

— Non, rien. »

Je ne vois que Yaël. Elle accapare mes deux yeux, ma bouche, mon nez et mes oreilles, chaque seconde de ma vie, chaque cellule de mon cerveau, chaque once de mes muscles, chaque centimètre de ma peau, chaque millilitre de sang que mon cœur pompe. Yaël me libère de toutes mes douleurs, abroge les lois de mon passé, réglemente les conditions de mon futur. Est-ce que cette folie peut durer ? Je flotte dans un état de semi-conscience ; insensible à la nouvelle géographie amoureuse du commissariat, pour Gabriel source inépuisable de commentaires et de bonne humeur.

« Fais pas l'andouille, cette fois, hein Swany !

— Qu'est-ce que tu veux dire ?

— Tu le sais très bien. »

Il ajoute, avec une expression de perplexité surjouée : « Enfin, j'espère que Louise sera de bon poil. Parce que je peux te dire que l'annonce de ton mariage l'a mise K.-O. Verte, elle était verte !

— Quoi ? Tu en as parlé ?

— Tu ne peux pas garder ça pour toi, tu vas changer d'état civil, même si tu ne changes pas de nom. Tu ajouteras peut-être celui de ta... femme ? Oh bordel, c'est difficile à dire, on se sent vraiment con ! Ta femme ! Ta merveilleuse femme. Son nom à la suite du tien. Sur la ligne "situation de famille", terminé "célibataire", fini la rigolade ! Eh oui, bouchon ! Situation de famille : "mariée". Nom de l'époux ? Ah pardon, de l'épouSE !? »

Gabriel est hilare et je finis par me laisser contaminer par son enthousiasme. J'oublie la peur de perdre

Yaël, j'oublie la maladie de ma mère, j'oublie même l'amour, je me retrouve un instant seule et nue, dépouillée, moi, uniquement. Avec Gabriel, le macho le plus féministe de la planète. Mais comment oublier le marteau que je n'ai pas balancé dans la benne à ordures, en bas du chemin qui descend jusqu'à la petite route communale qui serpente entre les collines jusqu'à la départementale qui permet de s'extraire de ce havre de paix et d'ennui, au pied des Pyrénées, où j'ai laissé mes deux mères, marteau que je trimballe dans mon sac à dos au mépris de toute déontologie, mais enfin on te l'a dit Swany, tu ne peux pas être flic ! Toutes les dix secondes, je suis sur le point de soulever le sac calé entre mes pieds, de le poser sur les cuisses de Gabriel avec, en prime, l'adresse supposée de son propriétaire notée par Bella sur le Post-it jaune plié en quatre dans la poche de mon jean, j'aurais dû le mettre dans la toute petite, celle qui ne sert à rien et qui cependant est toujours soigneusement piquée sur le devant de la plupart des jeans dignes de ce nom, à l'intérieur de la poche droite. La poche gousset. Et toutes les dix secondes et demie je renonce à livrer à Gabriel ce que je crois être l'arme des crimes odieux du XVIIIe, le fameux objet contondant.

« Non, sans rire, Swany, c'est quoi ton truc ?

— Quel truc ?

— Le truc pour lever de si belles femmes.

— Oh ! Ne parle pas comme ça ! On ne lève personne, on tombe amoureuses. Pour un instant ou pour la vie… Il n'y a pas de truc.

— Oui, d'accord, mais tout de même, vous faites comment pour vous repérer ?

— Et toi, tu fais comment ?

— Non mais c'est vrai, je cherche à comprendre, ça ne se voit pas à l'œil nu que vous… et je peux te dire qu'il y en a qui tomberaient des nues ! Alors ? Ça se passe comment ?

— Ben, ça se passe …

— Avec Yaël, c'était comment ?

— Tu me gênes là… on s'est regardées, c'est tout.

— Ah ouais… ça a l'air facile comme ça… un regard…

— Tu le fais exprès d'être con ou quoi ? Détrompe-toi, c'est pas facile !

— Oh là, bouchon, du calme ! Allez, passons aux choses sérieuses, allons enterrer ta *vie de jeune fille*. »

Égrillard, il insiste lourdement sur ces derniers mots.

Enfin il tourne la clé, le moteur ronronne gentiment ; en enclenchant la première il dit :

« J'ai invité Louise. Et la stagiaire.

— Quoi ?! Tu veux ma mort ?

— Estime-toi heureuse que je n'aie pas battu le rappel de tout le commissariat !

— La stagiaire, elle sait que je me marie avec une…

— Une quoi ? Maintenant c'est toi qui ne dis plus les mots ? Non ! Elle ne sait rien. Elle est toute neuve dans le labyrinthe de vos amours. Bien que pantelante… La pauvre petite agnelle… »

Je me demande si Gabriel, qui se délecte de nos histoires, les raconte à sa femme le soir de retour chez lui ?

J'appelle Yaël pour lui dire que je rentrerai un peu tard. « Ça tombe bien, répond-elle, je suis au bureau (enfin je sais de quel bureau il s'agit, la société de production pour laquelle elle travaille jusqu'à des heures impossibles), je rentrerai tard aussi. » Je reçois ces mots comme un coup de poignard. « Ah non, tu m'as déjà fait le coup. Tard, c'est-à-dire ?
— Je te l'ai déjà dit mon ange, tard, c'est très tard.
— Bon d'accord. Puisque c'est très tard, moi aussi je rentrerai très tard. » Je vais m'offrir une petite virée du côté de la Station des Mines, j'ai envie de musique rude et sauvage ! Et il me semble que la rue des Évangiles est dans le secteur, celui que Louise nous a si bien décrit lors de l'opération annulée. Ma décision est prise, coup de tête ou coup de blues, je vais aller débusquer le neveu. Je suis comme les jurés de cour d'assisse, je m'appuie sur une intime conviction et mon intime conviction est que le marteau que je transporte dans mon sac à dos est celui qui a tué mémé Marcadet et mémé Ordener et qu'il a été brandi par ce digne héritier des Tontons macoutes.

La stagiaire est déjà là. Seule à une table. Nous la rejoignons. Gabriel établit l'ordonnance des soins préparatoires de la future mariée : Un *shot* de whisky, une bière, à renouveler au minimum trois fois. Louise arrive. Elle a son sourire à la docteur Foster, assez indéfinissable. Sans hésitation elle vient s'asseoir près de moi. Soit pour effleurer mon genou sous la

table, soit pour plonger ses yeux dans ceux de la stagiaire. Je ne sais même pas le nom de cette fille qui va se faire bouffer. J'ai du mal à imaginer Louise rentrant dans le rang, sirotant un alcool fort le soir, dans son canapé, alors que ses enfants sont couchés et que son mari l'attend dans le lit conjugal. Elle plaisante avec Gabriel, fait du charme sans en avoir l'air à la stagiaire. Tout cela en effleurant ma jambe, et ma main lorsque nous trinquons. La stagiaire sent que quelque chose lui échappe dans notre quatuor, tout en n'imaginant pas un instant que Louise ait pu succomber à ses attraits. La commissaire ne mange certainement pas de ce pain-là. Et manque de bol, Swany se marie ! On boit, on trinque, les verres vides claquent sur la table. Gabriel dirige avec maestria les exécutantes de la partition qu'il a choisie, trois femmes étonnamment insensibles à son charisme. Au troisième *shot*, Gabriel lève son verre : « À toi, Swany, et à ta future femme ! » La stagiaire accuse le coup, elle n'imaginait pas un tel baptême du feu. Tous ses espoirs s'envolent, c'est énorme, elle ne peut pas y croire. Elle donne un coup de pied sous la table dans mon sac à dos, elle pousse un cri. « Waouh ! Qu'est-ce qu'il y a là-dessous ? » Je décide que pour moi la fête est finie. J'empoigne les bretelles de mon sac et je remercie pour la soirée, salut les keufs. « Normalement, dit Louise, éméchée, un enterrement de cette sorte dure toute la nuit !
— Exact », renchérit la stagiaire. Et moi je dis exit, je me barre. J'ai besoin d'air. Gabriel me rattrape, les autres suivent. Nous voilà tous les quatre à l'extérieur. Lorsque nous sommes sur le point de nous

séparer gentiment sur le trottoir, légèrement titubants, Louise m'attire contre elle et m'embrasse sous le regard médusé de la stagiaire que Gabriel entraîne à l'écart comme s'il avait à lui communiquer en privé une affaire de la plus haute importance. Un baiser comme un adieu. Nos lèvres se décollent au bout d'un temps raisonnable pour un baiser oscillant entre deux versions, je t'aime, je te tue, et Louise murmure : « Je suis patiente, je t'attendrai. » Mes yeux se brouillent, la tête me tourne. Est-ce l'alcool ? Est-ce Louise ? Elle me fait peur. Elle m'embrouille. Je flotte un peu sur le quai embrumé du départ, t'as d'beaux yeux tu sais, je vois la trace de ma bouche sur ses lèvres. Et l'empreinte de la sienne semble vouloir s'incruster à jamais sur les miennes. Elle s'éloigne dans la nuit qui vient et sa silhouette de dos me dit que les histoires d'amour finissent mal en général. Je demande son nom à la stagiaire. Elle me dit qu'elle s'appelle Alex. Encore un prénom épicène. Faudrait dire aux parents qui ne veulent pas d'enfants homos de faire attention au choix des prénoms.

Chacun s'en va de son côté et c'est triste quand on y pense, ces solitudes qui s'éloignent les unes des autres comme des morceaux de banquise éclatée par le réchauffement climatique.

21.

Je descends dans le métro. Gabriel voulait me raccompagner. J'ai dit non, je me marie, je suis une grande fille. Je n'ai pas dit que je ne rentrais pas chez moi. J'hésite. Je ne sais pas trop ce que je fais, pourquoi je le fais. Si, je le sais. Je le fais parce que je ne veux plus être flic. Je veux me faire virer. C'est ce que je veux, qu'on me vire. Je ne veux plus jamais voir Louise ni un seul flic de ma vie ! *On te l'a dit sur tous les tons, Swany, tu ne peux pas être flic*. Je fais les cent pas sur le quai, tout au bout j'aperçois Gabriel, j'hallucine. Qu'est-ce qu'il fout là ? Ben non, ce n'est pas lui. Je ne le vois plus. J'hallucine vraiment. Je rebrousse chemin. J'abandonne, je suis raide, là. Max-Dormoy. D'accord. Deux stations et j'y suis. Mais après. Endors-moi, Max, puisqu'elle rentrera tard, puisque toute la vie elle rentrera tard et toute la vie je l'attendrai. J'y vais comment, dans cette rue ? Putain quand même, c'est pas compliqué d'aller rue de l'Évangile, où je l'ai mis ce Post-it ?

J'ai trop bu, j'ai le ventre gonflé et je n'arrive pas à introduire un doigt dans la poche gousset. J'ai le hoquet, je vais vomir c'est sûr. Si je vomissais sur cette belle femme qui me regarde d'un sale œil, allez savoir pourquoi. Ma pauvre dame, faut pas avoir peur, je suis flic ! Vomir, oui, mais c'est tout. Vomir dans votre sac, sur vos clés, votre téléphone, votre rouge à lèvres, c'est une femme à rouge à lèvres, est-ce qu'on s'empoisonne quand on embrasse une femme à rouge à lèvres ? C'est vraiment pas sorcier d'aller rue de l'Évangile, je vais jusqu'à Max-Dormoy, je marche un peu et j'arrive chez le neveu. Je ne sais même plus s'il fait jour ou s'il fait nuit, c'est le hic. Mais qu'est-ce qu'il fout, ce métro ! Donc, j'arrive chez le neveu, là où crèche cet assassin. Je le trouverais les yeux fermés ! Je l'ai bien reniflé, je l'ai dans le nez. Pas de conneries. Je ne vais pas l'arrêter, je vais juste lui restituer ce qui lui appartient, l'objet contondant que ce fils de pute a planqué chez Bella. Et demain matin, à l'heure où blanchit la campagne, je partirai… Bordel, mères, vous m'avez intoxiquée avec vos poèmes, et vos chansons et les chansons de vos mères, ah, quel héritage ! Imaginons deux secondes que je ne sache pas qui est Victor Hugo, hein, hein, le flic de Bella, qu'est-ce que t'en dis, de Victor Hugo ? Et Max Dormoy, tu le connais ? Donc je m'introduis dans l'immeuble du neveu, je rentre chez lui, fastoche, je crochète la porte et hop, quelle porte ? les squats n'ont pas de portes, elle est bonne celle-là, je planque le marteau dans un coin mais quel coin ? Y a-t-il des coins secrets dans ces squats pourris, des coins où personne ne met son nez ? Sous un évier qui n'a pas vu de poudre à récurer depuis vingt ans par exemple... Une cave ferait l'affaire, je n'aurais plus qu'à appeler Gabriel et demain, perquise, et hop, tout le monde au trou. Et moi, mise à pied, suspendue, virée. Pour moi la vie va commencer... *taratati taratatère*... Ah, voilà enfin la rame. Une rame qui se tortille avant de s'arrêter. Pas eu le temps de vomir, je ravale tout. Max-Dormoy, me voilà !

Vite, de l'air. Dans la rue, je fais de petits halètements comme pour accoucher sans douleur et je réussis à repousser les spasmes nauséeux. Je marche. Je dégrise, je reviens sur terre. L'exercice me dégonfle et m'allège. Je peux enfin introduire mon doigt dans ma poche gousset, rien, vide. J'en introduis plusieurs dans l'autre, la grande et dans celle de gauche et dans celles de derrière et dans celles de ma petite veste trop légère, je tâte mon flingue, bien calé sous mon bras, le fond de l'air est effrayant, rien, j'ai perdu le Post-it inexplicablement. J'ai oublié l'adresse exacte. Mais ça va me revenir, j'ai une mémoire d'éléphant, j'en ai marre de ce marteau qui me tape dans le dos.

Qui me tape dans le dos ?

Je me retourne. D'où il sort celui-là ? Un Sioux, un Iroquois, un Séminole, un Navajo, un Cheyenne, un Cherokee, un Apache !

« C'est un peu lourd, ça, pour toi ? » me dit l'Apache encapuchonné. Il ouvre le sac.

Tu crois que tu vas trouver quoi là-dedans, pauvre con ? « Kiowa ou Mescalero ?

— Ferme-la ! Qu'est-ce que tu fous avec ça ?

— C'est pour offrir. C'est pour mon père, il est bricoleur !

— C'est tout ce que t'as ? T'as du fric ?

— Nan.

— Ton smartphone.

— J'en ai pas. »

Prends ça dans le bide. Ça aurait pu être une lame. J'ai une chance folle, ce n'est que le poing de ce connard. Qui me fait éclater le foie quand même. Je vais tomber et voilà qu'il me soulève, pas le même, un autre qui vient d'arriver, putain de bordel, comme dit Gabriel, c'est celui de la vidéo, celui de la photo, c'est le neveu tueur ? Non, oui, je ne sais plus, faudrait que je revois sa trombine, ils m'ont piqué mon téléphone, j'ai les pieds en haut, la tête en bas, le fou rire me prend, c'est idiot, la tête en bas ça m'a toujours fait rigoler, je vois des jambes de fille gainées de noir et, quand il me remonte, il a une cagoule sur la gueule, « T'as le flingue ? » dit la connasse. Je suis foutue, autant vous dire adieu tout de suite. Pour la fin de l'histoire, débrouillez-vous sans moi…

Bon Dieu, il m'arrache les cheveux, ce con, et cette dingo qui rit comme une gargouille de Notre-Dame. Je sens que je vais perdre mon sang-froid ! Mais le fou rire me reprend, ça ne plaît pas à la connasse. Tiens, prends ça et ça et ça. Ses coups plombent plus que ceux de Louise. Quelque chose craque dans ma tête et un grand bruit recouvre la nuit. *Enfin Swany on te l'avait dit que ce n'était pas un métier pour toi !*

Je me réveille ligotée dans un placard. Avec un scotch sur la bouche. Je n'ai plus mon sac à dos. *Elle nous a ramené le marteau. Comme c'est gentil ! Les lesbiennes, vous vous faites tringler avec n'importe quoi ! Tu le savais pas, que les vioques étaient lesbiennes ? Ah ah ah ! Nous on le savait. On les a pas choisies pour ça, je te dirai, c'était pas le motif number one. Pour toi aussi on le sait, on sait tout. Tu vas enlever ce futal gentiment et on va gentiment te montrer comment on a niqué les vieilles !* Je n'ai plus mon jean. Je n'ai plus mon téléphone, je n'ai plus mon flingue. Je suis à poil. Je n'ai plus rien que moi, ma peur, celle du ventre, celle du cœur, celle de la gorge, celle qui donne le vertige et qui fait vomir, celle qui efface Yaël, son corps, ses mains, ses yeux, sont-ils jaunes ou verts ? Celle qui nous efface de la vie et même de la mort.

Fini la rigolade. Bordel, j'ai tout foiré, voilà, je suis virée, on le serait à moins et je suis prisonnière de deux psychopathes. Je ne donne pas cher de ma peau. Si j'ai une chance d'en sortir, pas la peine de me tortiller dans tous les sens pour défaire mes liens, brûler de l'énergie pour rien serait affligeant de stupidité, sinon je vais mourir, je ne convolerai pas, je ne volerai pas dans la stratosphère de l'amour, je serai morte, mes mères en mourront aussi et Yaël ne sera même pas veuve, dommage pour la pension.

Qu'est-ce qu'ils font ces nazes ? J'entends des bruits, des voix, des éclats de voix, des gens qui haussent le ton, des gens qui courent, des gosses qui braillent, des filles qui rient, ces connes aux dents pourries, ça y est je m'énerve, et en même temps je pleure, j'ai peur, je veux Yaël, je veux notre vie, je veux maman et maman, je veux retourner en Sibérie et au Tibet et je jure que je crapahuterai sur les genoux, jusqu'au monastère de Palcho, que mes mains seront en sang, que des lambeaux de viande se détacheront de moi pour le Bouddha. Je le jure... Vlan ! Je délire ou j'entends des sirènes ? On me sort du placard et je prends une baffe dans le même élan. La conne m'étouffe avec son bras, le gauche, autour de mon cou. Elle a surgi de nulle part, la salope. Est-ce celle de la vidéo de la banque, celle qui était chez Bella le soir de la cérémonie vodou, celle qui m'a tabassée dans la rue ? Elle est toutes les connasses à la fois, elle est celle que j'attendais. Pour être libérée de ce job de merde. De mon flingue, de mon jean, pour me retrouver maigre et nue comme au sortir de ma mère. *On te l'avait dit !* Dans la main droite, elle tient un pistolet, putain c'est le mien, elle l'agite contre sa propre cuisse comme si ça la démangeait de tirer une balle n'importe où ; ouais, tire-toi dans la cuisse connasse, vide-toi de ton sang et crève vite.

Maintenant la junkie d'enfer dessine les contours de mon visage tuméfié avec le bout du canon, elle appuie exprès sur ma lèvre fendue, elle n'a pas besoin de me maîtriser, de m'étouffer, j'ai la mort collée aux cheveux, je ne vais pas jouer à la plus fine, je pleure, normal, je ne maîtrise plus rien, je suis morte, toute ma vie défile dans ma tête, bon Dieu, tous ces souvenirs qui se bousculent, le fou furieux fait tournoyer son marteau avec les gestes du jongleur qui lance ses rutilantes bouteilles en carton, emmaillotées d'argent ou de papier doré, il fait le matamore, ils sont complètement défoncés et moi aussi, défoncée à la mort imminente, un type rentre comme une bombe dans la pièce : « Ils sont là ! » Tout l'immeuble semble pris de convulsions. Les cris et les bruits ne parviennent même plus à passer mes tympans. Les Tambours du Bronx résonnent dans mon crâne et ma vie défile toujours à une allure vertigineuse.

Et cependant, j'entends l'infernale psychopathe hurler qu'elle va me fumer. Avec ou sans filtre ? Elle me fiche un coup sur la tête avec son poing qui tient mon pistolet. Et alors, si vous voulez savoir… écoutez, je ne sais pas moi, procurez-vous une série télé, même une française, elles montrent bien comment ça se passe, comment des flics bardés de fusils d'assaut surgissent dans le martèlement précipité des bottes, en aboyant, assis, couché, mains derrière la tête, à plat ventre, posez vos armes ! J'ai tellement peur, la psychopathe tremble contre moi, elle me fait claquer des dents, bute-la, bute-la, bordel ! « Lâchez vos armes ! » Bute-la. « Libérez l'otage ! Ne faites pas de conneries ! » C'est qui tous ces cagoulés casqués ? Au milieu d'eux, Luther et Louise. Je ne rêve pas, ils sont là, ils ne voient pas que je suis nue, ils ne voient que ma mort quasi certaine. Ils ne veulent pas que je vois ça, ma mort dans leurs yeux alors ceux de Luther me disent « Ne bouge pas, reste calme », et ceux de Louise dans le jour qui commence à poindre, distinctement, me disent qu'elle va me sortir de là coûte que coûte, de ne pas avoir peur, qu'elle est là, qu'elle va me sauver, qu'on va effacer notre ardoise. Je la vois et je ne la vois plus, je vois tout et je ne vois rien, je veux Yaël je vais mourir elle va me fumer cette folle, elle balade mon flingue sur mon corps, un coup ici, un coup là ! Ça s'éternise, j'ai le temps de revoir des bouts de tout, de films, de publicités, de corps, de fleurs, de soleil, de toits, de pare-chocs, pose ton arme, lâche-la ! Intimidation. Sommations. Elle me serre tant qu'elle peut contre elle, cette pute, comme si elle m'aimait à la folie, le flingue sur ma tempe, laissez passer, laissez passer, je veux un camion un avion et un pilote, l'autre me fout le marteau dans les côtes. Luther continue de me parler avec ses yeux, je décrypte, qu'est-ce que t'as foutu, mais qu'est-ce qui t'a pris, bordel de merde ! On va te sortir de là, n'aie pas peur, bouchon. Il commence à s'adresser à la pute d'une voix apaisante, il lui dit qu'elle peut encore s'en sortir et au neveu il dit exactement la même chose, il m'endort et je pleure sans bruit, le sang des innocents et des autres, c'est le même. Une fusillade éclate quelque part, la débile gavée d'amphètes et d'alcool se dit sans doute qu'elle n'a plus rien à perdre, au point où elle en est, elle peut bien se faire un flic. Et le neveu pareil. Je tomberai et ils tomberont truffés de balles dont une bonne douzaine me criblera les fesses, mais je ne sentirai rien alors vous gênez pas, les gars, les ratez pas, maintenant je vois des bouts d'Erzulie qui se baladent sur ma tête en morceaux bleus, Erzulie qui ne sert à rien, ils n'ont pas encore compris que c'est des conneries tout ça, que leurs saints crétins à l'eau de rose n'ont aucun pouvoir ! n'ont pas compris ! Je vois des bouts de Bella qui sera bien soulagée d'être débarrassée de ce Tonton macoute ; et voilà un bout de Greta et un bout de Yaël et un bout de sa mère qui dit la prière en regardant ses mains comme si elles ne lui appartenaient pas et juste à ce moment-là, Luther se transforme en bête féroce et j'ai un bout de Louise en gros plan, là, je ne veux plus, je ne joue plus, laissez-moi mourir… Vous trouverez bien une série qui ressemblera à ça, à ce moment où Louise, dans la confusion la plus totale, les aboiements rauques des casqués surexcités, bousculera la folle, m'étalera au sol en me protégeant de son corps. Vous verrez comment nous tombons elle et moi dans la mort, comment le sang coule à flots dans mon cou, sur mes épaules, entre mes seins jusqu'à mon ventre. Le sang de Louise ? Le mien ? Je n'ai pas mal pendant que Louise s'endort sur moi, elle m'écrase de son corps inerte. Au-dessus de mon visage Luther secoue lentement la tête. Je baigne dans le sang de Louise, il fait un trou dans mon ventre.

Appelez une ambulance ! Elle respire... Louise, Louise, reste avec nous, ça va aller, ça va aller... dans le cou, pas de chance...

Maintenant que Louise est séparée de moi, je claque des dents. Il fait tellement froid quand on vous meurt dessus et que le sang coagule sur votre épiderme. Ma vie s'est arrêtée de défiler. Louise va mourir par ma faute. J'ai tué Louise. Je suis comme son âme, je flotte au-dessus de son corps. Je suis effarée. Je n'arrive pas à m'en vouloir. Gabriel m'enveloppe dans une couverture qui ne me réchauffe pas. On attend une autre ambulance pour moi, malgré mes protestations je n'échapperai pas à un contrôle en bonne et due forme. Je lui dis qu'il y a un grand trou au centre de moi, qu'il peut mettre la couverture à l'intérieur comme on colmate une canalisation, que tout est en train de se barrer. Mais c'est la vie de Louise qui est en train de se barrer dans le hurlement des sirènes. Et ce trou c'est celui où elle veut s'endormir avec moi. Je demande à Gabriel comment il a su. Comment à ton avis ? Il sort un papier jaune de sa poche, mon Post-it qu'il a trouvé sur le siège de la voiture. Ses appels sans réponse sur mon portable, chez moi. Les appels de Yaël, morte d'inquiétude. Maintenant Gabriel laisse parler sa colère.

« Tu n'as même pas pensé à elle dans cette folie, mais qu'est-ce qui t'a pris, bordel ? Il faut t'attendre à une enquête.

— Je sais. Je vais être virée.

— Pas forcément. On parlera de la fougue de la jeunesse.

— Mais Louise va mourir… Je n'éprouve rien.

— Il est trop tôt. Le choc viendra plus tard, peut-être… ou pas.

— Elle aussi elle a fait une connerie ! Qu'est-ce qu'il lui a pris de se jeter sur moi ?

— Et toi, bouchon, si tu avais eu tout faux ? Qu'est-ce qui t'a pris bordel ?!

— Je ne sais pas. J'avais trop attendu depuis que j'avais trouvé la marteau… chez Bella… il l'avait planqué chez elle, ce salopard ! Je ne pouvais plus te le donner, et je voulais me le faire…

— Mais enfin, il y a des milliers de marteaux identiques, ça ne prouvait rien, putain… le marteau, c'était une "hypothèse", tu comprends ça, une hypothèse ? »

J'essaie de parler de la photo, de la vidéo, de mon intuition, un bon flic, c'est un intuitif, un intuitif qui a du pif ! Je ne dis rien. À quoi bon ? Gabriel ne peut pas comprendre, cette nuit il est rongé de stupeur et de colère, il se demande ce qu'on fout là, comment tout cela a pu se produire. Comment il a pu me laisser en arriver là ! « L'essentiel, c'est qu'on les tient, hein ? On les tient ? C'était bien eux ? — *Hum, hum…* » Alors lui aussi le voilà qui fait hum, hum comme Bella, comme ceux qui réfléchissent avant de parler et d'agir. Moi je ne fais pas *hum, hum*. Je ne ferai jamais *hum, hum*.

Assis près du lit où j'ai l'impression désagréable d'être en garde à vue, Gabriel me regarde en hochant tristement la tête. Et toutes les deux minutes il la secoue en disant dans le même souffle : « Putain, bouchon, putain, bouchon… » Enfin, il me regarde droit dans les yeux : « Qu'est-ce qu'ils t'ont fait ? Est-ce que ?

— Non… des menaces, juste des menaces. En tout cas, je sais pourquoi on a trouvé l'ADN de Rose de la rue Marcadet chez Jeanne de la rue Ordener.

— Tiens donc ? Eh bien vas-y, dis-le-moi ! »

Non, je ne dirai rien. Démerdez-vous ! « Bon, si je te dis qu'elles étaient ensemble, parfois... voilà, c'est tout. »

Et Yaël apparaît. Elle m'illumine et m'assassine. Je suis trop nulle, je ne la mérite pas. Ses yeux passent du jaune au vert clair, du vert clair au vert foncé, du vert foncé au noir. Sa colère m'étrille comme une râpe à fromage. Enfin, un sourire qu'elle s'efforce de retenir, remet un peu de lumière dans ses yeux.

« Tu aurais pu attendre que nous soyons mariées ! Pour l'assurance ...

— J'y ai pensé... »

Elle prend juste ma main. Je ne lui en veux pas de ne pas se jeter sur moi, elle est encore sous le coup de l'émotion. Je ferme les yeux. Une onde de désir me traverse le corps. Je me dis que rien jamais ne sera plus beau que ce que nous avons vécu jusqu'à ce jour. Je peux mourir, je peux partir, je peux ne plus rien vouloir, ne plus rien pouvoir. J'ai eu plus que ma part.

22.

Je marche vers Yaël, c'est un rêve, chancelante, saoule de cet amour qui me fait tanguer, qui me brûle la poitrine et le ventre, je marche vers Yaël qui vient vers moi. Je suis en autocombustion, je vais faire un AVC, juste avant l'infarctus. C'est là qu'il faut mourir Yaël, c'est maintenant. Ça ne finira pas, cette émotion intacte, ce choc qui fait vibrer tous les muscles, tous les os, ce désir qui creuse le corps comme un vide-pomme, qui arrache les poumons, les bronches, un bout de foie en passant, qui te projette contre l'autre qui s'ouvre, l'autre qui te barbouille de son jus sucré comme une grenade rouge sang.

« C'est le jour où tu te maries que l'amour rencontre ta vie… » Ben non, c'était avant. C'était un jour de fête des voisins, ce truc inouï où des gens qui ne se connaissent pas mangent ensemble du Cochonou et des olives en buvant du picrate et du jus de pomme. Je regarde Yaël endormie. Nous nous marions aujourd'hui. Avec quinze jours de retard sur le programme prévu. Suite au « drame sanglant de la rue de l'Évangile ». Ils m'ont bien charcutée, les fameux « bœuf-carottes ». J'ai rendu mon insigne et mon flingue. Je suis suspendue pour une durée indéterminée. Yaël veut que je donne ma démission. Mes mères ignorent tout. Gabriel a pris dix ans d'un coup.

Je tremble d'une fièvre inconnue. Nous attendons je ne sais quoi devant la mairie avec nos témoins, Bella et Gabriel, émus et sérieux. Tristes. Bella est encore sous le choc de ce qui est arrivé. Elle n'a rien compris au film. Il a fallu des tonnes de tendresse et d'amour pour l'empêcher de courir à l'épicerie du coin acheter une bouteille de rhum. Malgré la piètre opinion qu'elle avait de lui, elle n'aurait jamais imaginé que son neveu pût être un tueur violeur, variable moderne et ajustable des chasseurs cueilleurs du paléolithique, non, ça non, ah ça non, par tous les saints de tous les dieux de toute l'Afrique ! Qu'il croupisse en taule jusqu'à la fin de ses jours ! C'est ce qu'elle demande à tous les saints de tous les dieux de toute l'Afrique.

Yaël a entouré ma taille de son bras. « Les voilà, dit-elle, ils arrivent. » Les voilà. Qui ? Je ne sais pas. Elle ne va pas à leur rencontre, elle me tient serrée contre elle, elle les attend comme s'ils allaient lui remettre un trophée, mais le trophée c'est moi, c'est elle, c'est notre amour qui les éclabousse car ils s'arrêtent à quelques pas, hésitant à comprendre ce qu'il se passe. Six personnes, quatre filles, deux garçons.

Joyeux comme les Navajos qui dansent sous la pluie, pour le soleil, pour le maïs. Ou l'inverse, qui dansent sous le soleil pour la pluie, pour le maïs. Mes meilleurs amis, dit Yaël, je les ai invités (on avait dit pas d'invités…), tu mérites un joyeux mariage ! Un mariage ? Yaël, tu te maries ? Sidérés par cet amour qui leur semble surgi de nulle part, cette union sans tambour ni trompette, sans chants yiddish, sans familles, avec juste quelques fleurs blanches et deux témoins noirs comme du charbon et beaux comme des dieux vodou, les amis de Yaël viennent nous embrasser dans un état de bienheureuse stupéfaction. Les sourires éclairent maintenant les visages, les langues se délient : On n'a rien vu venir ! Tu caches bien ton jeu ! Une amie de Yaël a même laissé échapper un : Et Anna ? avant d'essayer de rattraper sa bourde en ajoutant un anodin : elle n'est pas là ? Comme si l'absence de cette Anna s'avérait surprenante. Mais je ne suis pas dans la police pour rien et je devine tout de suite que cette Anna qui n'est pas là n'est autre que cette *autre* dont parlait Bella. Celle qui avait laissé son tube de rouge, celle qu'il a fallu détacher de Yaël tout doucement, lentement sans rien brusquer. Je comprends maintenant les longues absences sans explications de Yaël, ses missions interminables. Je comprends et je m'en fiche, rien ne peut plus nous détruire. Ni *l'autre* ni Louise.

L'heure de la cérémonie approche. Est-ce que ton cœur bat aussi vite que le mien ? Tes jambes m'affolent, dorées, interminables et nerveuses, je vois un pur-sang, tu es mon pur amour. Tu me dis : « Tu me tues dans cette robe noire », je pense à Truffaut. « Me voudrais-tu en blanc ? — Ah non, non, rien ne sera jamais plus beau que ce corps délicat dans ce bout de tissu noir. Ces bretelles si fines faites pour glisser des épaules sur les bras… »

À la question : Yaël, Sarah Ackerman, voulez-vous prendre pour épouse Swany, Sasha Brunel ? La réponse est oui. À la question Swany, Sasha Brunel… voulez-vous prendre pour épouse Yaël, Sarah Ackerman ? La réponse est oui. Double *oui* pour une seule vie. Je vous déclare femme et… femme. Et j'entends les mots que personne évidemment n'a prononcés : Jusqu'à ce que la mort vous sépare. Yaël aussi les a entendus, elle me l'a dit. C'est pourquoi nos amis, soudain, sont si bouleversés. Ils le savent que la mort s'est invitée à la fête, qu'elle est dans le pacte, qu'elle seule mettra fin à notre histoire. Ni adultère, ni tromperies, ni trahisons n'en viendront à bout ; la mort, c'est tout. Ils savent que cet amour est hors normes, qu'il dépasse la sphère du raisonnable, du compréhensible. Qu'il est classé hors catégorie comme l'Alpe-d'Huez. Et j'ai le cœur broyé, je vais hurler. Ne meurs pas ! Ne meurs jamais ! J'ai tellement peur que tu t'en ailles, si un jour la vie t'arrache à moi, mais allons, qu'est-ce que tu racontes, nous avons la vie devant nous, putain je vais nous porter la poisse à force de tourner cette phrase dans ma tête. Faisons la fête, faisons l'amour, faisons la nique à Ludo la divine, au pape, aux barbes à poux, au cinéma français, parce que Yaël, ma future absente, mon Ulysse que j'attendrai avec notre vieux chien près d'un tapis de haute lisse (mes mères seraient fières de cette référence à Apollinaire)… il faut voir les choses en face, cet amour-là, dans le cinéma français, il n'existe pas. On peut en goûter un ersatz avec beaucoup d'imagination dans des comédies gentillettes, destinées à amuser le ban et l'arrière-ban. Puisque tu es dans le cinéma, tu pourras le tourner notre film, la vraie histoire, celle où l'une des deux ne se barre pas à la fin avec le mec qui tombe par hasard dans leur vie, tu vois, comme si, là, dans notre histoire, tu choisissais Gabriel, au dernier moment, ce genre de choses que tes copines cinéastes affectionnent particulièrement, en faisant durer la valse-hésitation, faut bien donner sa ration à Ludo la divine, rassurer les familles, les producteurs, l'audimat et la bien-pensance. Qui, dans les films, décide que le masculin doit obligatoirement l'emporter sur le féminin lorsque le choix se présente ? Qui ? Les lois de la nature ? L'instinct de reproduction ?

Tu es en blanc, je suis en noir, le maire en bleu, l'écharpe est tricolore. Nos invités applaudissent lorsque nous échangeons nos anneaux. Le maire nous offre des fleurs.

Après un court instant qui semble durer une éternité, Gabriel de sa belle voix de ténor lance un vibrant : « Vive les mariées ! » et Bella se met à chanter sans laisser aux invités le temps de créer l'immanquable brouhaha qui suit les minutes de silence : *Ça pique, ça pique, sous les tropiques, le sol, le soleil, la musique, mais oui, ça pique, ça pique, ça pique.*

Nous marchons joyeusement vers la lumière de cet automne qui se prend pour l'été. Yaël happée par ses amis m'entraîne avec elle. Un portable sonne, un instant plus tard j'entends clairement Gabriel dire à Bella : « Ce n'est pas le moment d'en parler à Swan. »

Swan.

Il a bien dit Swan. A-t-il dit Swan ? Je m'accroche à ce détail, je lui donne une importance phénoménale, je le triture, le tords, le malaxe, l'examine à la loupe. Oui, Gabriel a bien dit Swan, changeant mon diminutif épicène en un original proustien et ça m'a fait un drôle d'effet comme si j'étais devenue le mari de ma femme.

Je ne sais pas ce que je ressens. Comme un froid soudain qui viendrait givrer ma sueur. Et comme la chaleur d'une fournaise qui embraserait mon cœur, mon ventre, mon cerveau. Je ne sais pas si je suis soulagée ou terrifiée. Que faut-il ne pas dire à Swan ? Mais Swan veut savoir ! Je rejoins Gabriel, je dis juste : « Louise ? » Gabriel me prend par les épaules et m'emmène avec lui. Louise est sortie du coma. J'ai l'impression que je vais m'évanouir. Bella secoue la tête et chacun de ses mouvements est ponctué par un de ses *hum, hum* dont elle a le secret et qu'elle peut varier à l'infini selon qu'il vient en commentaire de la joie, de la peine, de l'espoir, de l'indifférence ou d'une catastrophe. Vraiment Louise, tu aurais mieux fait de t'arrêter de respirer.

On a rangé le livret de famille, on a donné à Greta ses croquettes préférées, les casher. On a même dit que Louise semblait tirée d'affaire et que c'était miraculeux. Nos escarpins, ceux qui font les mollets gracieux, les chevilles fines et les pieds cambrés ont volé à travers la chambre. Quelques grammes de soie, de la noire, de la blanche, ont coulé sur le parquet.

À ton oreille, je murmure doucement, par jeu, par défi pour que tu saches que j'ai entendu ton amie parler de *l'autre* et que ça ne fait pas mal, que tout est guéri, que nous sommes guéries de notre passé : « Et Anna ? » Tu réponds : « Karénine ? » Je demande : « Le rouge à lèvres… c'était le sien ? — Oui, dis-tu, c'était le sien. »

On débute dans le mariage. On ne va pas s'étriper pour si peu. On est bien. On sait qu'on va mourir, c'est écrit quelque part, dans la chaleur de la nuit, dans la tiédeur de ton haleine, sur le velours de ta peau, sur la pointe de tes seins, mon amour de feu, jusqu'à ton puits, jusqu'à ta source, jusqu'au jour qui se lève, jusqu'à la solitude, mon amour, on le sait bien qu'on va mourir.

J'écris ces mots dans ma tête au moment où Yaël s'endort : *Chaque nuit d'amour est unique. C'est un livre qu'on n'a pas lu ou celui qui n'est pas écrit.*

Je fais des progrès en poésie… mes mères seraient contentes.

Mai 2019

Demain, c'est la fête des voisins. Cette nouvelle édition devrait être une réussite, selon Bella. Tout l'immeuble y sera. Les Rantanplan sont toujours là, les gouines du quatrième ont envoyé les invitations, Bella s'est occupée du reste.

Je n'ai pas vu passer le temps, passer la vie, je n'ai vu que Yaël, je ne vois que son corps, je vois même son âme. Souvent Yaël s'en va, Yaël voyage pour ses repérages. Elle cherche des lieux, elle visite, elle prend des photos, elle filme, elle revient et c'est chaque fois la première fois, la grande cérémonie du partage des corps, de l'échange des langues, notre pain, notre vin.

La veille de son départ pour Israël, reporté de mois en mois jusqu'à ce printemps, on a fait l'amour un jour entier, une nuit entière. On était lessivées, affamées, on était dans les abysses et sur le toit du monde, Dieu était une femme et c'était elle et c'était moi. Ça ne finira jamais cet amour dont le qualificatif n'existe pas. Yaël en Israël, cette idée me terrorise. J'ai tellement peur et elle tarde tant à revenir. Elle a beau m'expliquer que cette fois ça peut durer des semaines, le pourquoi du comment de son travail, les problèmes qui surgissent chaque jour et qui retardent son retour, il m'arrive de ne plus avoir envie de comprendre, d'accepter.

Il suffit à Bella de me voir le matin lorsque je pars au travail pour qu'elle sache que Yaël est rentrée. Et Bella fait *hum, hum* et Bella chantonne. « Belle nuit, Swany mon ange ? » On boit un café en vitesse. Fini le *clairin,* le rhum de la Jamaïque ou quelque alcool que ce soit. Bella ne veut pas mourir. Je ne veux pas qu'elle meure. J'ai vidé moi-même toutes les bouteilles dans l'évier, certaines trônent maintenant dans le monde d'Erzulie, Erzulie Freda notre gardienne d'amour. Je plonge souvent mes yeux dans ceux de Bella, je voudrais savoir, savoir ce qu'elle pense, si elle m'en veut d'avoir fait jeter son neveu en taule ou si au contraire elle me remercie de l'avoir libérée de ce monstre. Le savait-elle monstrueux, le savait-elle coupable de ces crimes odieux ? La question me taraude. Je n'ai pas de réponses. Je n'en aurai jamais sans doute et j'aime autant.

Nous avons finalement emménagé chez moi, l'appartement est plus grand et nous sommes près de Bella qui peut ainsi s'occuper facilement de Greta lorsque Yaël est en voyage et moi à mon travail. Toutefois, Yaël a gardé jusqu'en mars de cette année l'appartement du troisième. Mes mères ont pu y loger lorsqu'elles sont venues nous voir au dernier Noël.

On a tous fini au restaurant, avec les Ackerman, toujours aussi calmes et doux, comment peut-on faire du mal à ces gens-là ? Bella, Gabriel, sa femme et ses enfants. On était bien ce Noël-là… on flottait dans l'espace entre deux mondes, deux vérités, et toutes nos histoires d'amour. Delphine était intacte et sa capacité émotionnelle étonnante, comme si tous les corps de Lewy avaient plié bagage. Malheureusement, il n'en est rien. En tout cas, mes mamans ne regrettent plus du tout que j'aie épousé une fille. Je revois leurs têtes lorsqu'elles ont compris que nous étions mariées, Swany, enfin, tu aurais pu nous le dire ! Yaël, elles l'ont aimée dès l'instant où elles l'ont vue, elles en sont tombées amoureuses comme des gamines émerveillées et Yaël les a adorées. Quel bonheur d'avoir deux belles-mères non juives ! disait-elle en riant. Moi, j'aime bien ma belle-mère juive.

Sans Yaël je m'organise pour sentir ses doigts sur ma peau, son corps qui épouse le mien, sa bouche qui ouvre le champ des orgasmes. Je me leurre. Faut être malin. Avec Greta, on s'entend bien en l'absence de Yaël. Je lui achète ses croquettes casher, elle les préfère à toutes les autres. J'ai essayé des dizaines de marques. Rien ne lui va. Elle est peut-être comme moi. Rien ne me va sans Yaël.

Parfois, le vendredi, lorsque Yaël est en voyage, je dîne chez les Ackerman. Le shabbat me plaît de plus en plus, il m'apaise et le pain dans le sel est comme un baiser de Yaël. Ils veulent que je parle d'elle, que je leur parle d'elle. De notre vie. Dans le fond ils ne la connaissent pas bien, c'est un peu comme s'ils avaient raté quelque chose. Je ne peux pas leur dire notre amour. Nos étreintes éreintantes sur des lits qui tanguent et craquent comme des bateaux dans la tempête, sur le sol qui devient le ciel, un toboggan, les chutes du Niagara, sur la lune et dans les étoiles. Ils me traitent comme leur fille. Ils voudraient me voir plus souvent, j'ai envie de devenir juive.

Parfois, Yaël me manque tellement que je me griffe jusqu'au sang. Il paraît que ça passe l'amour fou, que ça ne peut pas durer, que c'est impossible ; sans doute, oui, c'est dans l'ordre des choses mais pour le moment c'est la vie qui passe sans moi et qui suit son cours chaotique sans que j'aie envie de fourrer mon nez dans les sales affaires du monde ; celles des crimes et délits me suffisent amplement. Pour les tueurs du XVIIIe, l'instruction est en cours, elle se prélasse, elle prend ses aises, finalement tout le monde s'en fout. Pour le vieux juif, deux suspects ont été arrêtés, mis en examen et inculpés mais la question du chef d'accusation se pose : crime à caractère antisémite ou pas ? Les avocats s'en donnent à cœur joie. C'est leur job de démonter tout ça. On se crève à arrêter ces psychopathes et des jobards à cravate blanche font le sale boulot dans l'autre sens !

Rien n'a changé au commissariat, on se débrouille avec les moyens du bord, dans des locaux pourris. Avec des bagnoles pourries et des ordinateurs pourris. On arrête des truands pourris, des tueurs pourris, des racistes pourris, des homophobes pourris, des agitateurs pourris, tout est pourri sur cette planète. Même les meilleurs sentent le pourri. Je n'ai pas été virée, Louise n'étant pas morte... C'est dans un fauteuil roulant rutilant de tous ses chromes qu'elle a reçu félicitations et médaille pour m'avoir sauvé la vie au cours d'une opération à haut risque ayant permis l'arrestation des assassins du XVIIIe. Gabriel attend une mutation. Il ne s'entend pas avec le nouveau commissaire qui n'est qu'un bigorneau cramponné à son siège. Je voudrais suivre Gabriel, mais Yaël veut que je quitte la police, que je travaille avec elle, qu'on parte ensemble sur les routes du cinéma ! Et puis, dit-elle, je n'ai pas envie de me retrouver veuve ! Moi non plus je n'ai pas envie d'être veuve. Je suis déjà tétanisée chaque fois qu'elle s'en va. Je ne supporte pas d'être séparée d'elle. Sans doute est-ce anormal. Le matin, je pars la peur au ventre. Et si je ne revenais pas ? Et si elle s'en allait ? Si je ne la retrouvais pas ? Je ne sais pas toujours ce qu'elle fait de ses journées. Je ne veux pas lui demander, je ne veux pas l'effrayer avec cet amour pieuvre qui m'enserre et me disloque, qui me comble et me ronge, un peu comme la rouille ronge le métal. On ne voit pas tout de suite les dégâts. Le processus est assez lent, il faudrait traiter avant qu'il n'y ait plus rien qu'un grand trou. Il ne manquerait plus que ça, un grand trou qui s'ajouterait à l'autre. Celui que le sang de Louise a creusé dans mon ventre tout en m'enveloppant comme une deuxième peau. Et alors quoi, que resterait-il de moi ?

Yaël et moi on s'était promis qu'on irait dans les Pyrénées, faire du ski et piquer une tête dans l'Océan. On n'a toujours pas eu le temps. On s'est juré aussi en se prenant pour épouses pour le meilleur et pour le pire que si un jour la vie en avait marre de nous, on passerait huit jours à l'hôtel du Palais à Biarritz, après quoi, on marcherait sur la passerelle jusqu'au rocher de la Vierge, et là, malgré les balustrades, les garde-fous et les grillages on s'envolerait. Ça fait un peu *Thelma et Louise*, j'en conviens, c'est pourquoi on ne s'envolera pas en voiture.

Cette année il n'y a pas de frites. Des bretzels, du Cochonou, des cacahuètes, du jambon, de la salade de riz avec du thon, de l'avocat et des cornichons, des tomates cerises et des petits piments au vinaigre, des toasts tartinés de houmous. Tout le monde grignote, les enfants courent, on se croirait dans une ruche, je repense à l'incroyable nid de frelons asiatiques qui se balançait sur nos têtes, durant la *garden party* du mariage de mes mères. Personne ne se doutait de l'existence de cette chose patiemment élaborée, belle et monstrueuse. Moi seule savais qu'elle était au-dessus de nous, qu'elle abritait une reine esclavagiste et prisonnière. À un moment, quelqu'un a dit : « J'ai vu une espèce de grosse abeille, c'est pas un frelon asiatique au moins ? » Personne n'a répondu. Et tout le monde a oublié.

J'ai informé Adèle de l'existence du nid le jour de mon départ. Elle a fait venir un destructeur de nuisibles nouvellement converti dans le frelon asiatique comme tous ses confrères du sud-ouest de la France.

Je sens mon portable qui vibre dans ma poche. C'est Gabriel. Je dis à Bella que j'y vais. Je ne sais pas à quelle heure je rentre.

« Tu n'as rien mangé ! dit Bella, pas contente du tout que je m'en aille déjà. Ça n'a pas l'air d'aller fort, mon ange… Dis, ça va bien ? Dis que ça va à ta vieille Bella qui t'a donné ce malheur d'amour, ce feu qui te dévore…

— Oh ! Bella ! Tu m'as donné le malheur du bonheur. On ne peut faire mieux.

— Quand je pense qu'on ne peut pas arroser ça !

— Non, on ne peut pas. Tiens, file-moi un Coca. Et bois un verre d'eau, tu ne bois pas assez.

— Oui, trinquons mon chou !

— À Yaël !

— À Yaël et Swany ! Ne t'oublie pas dans l'histoire mon ange.

— Si seulement je pouvais… file-moi un toast, là, voilà, ça ira. N'oublie pas Greta et ferme bien derrière toi. Si jamais Yaël se pointe… dis-lui que je l'aime.

— J'imagine que tu lui dis tous les jours au téléphone.

— Oui, mais ce n'est pas pareil ! Je te donne procuration !

— Tu lui diras toi-même, chérie. Je suis sûre qu'elle n'est plus très loin. Elle ne va plus tarder. »

Bella et ses dons de sorcière (elle a toujours su quand Yaël était sur le chemin du retour), son rire qui vous fait frissonner, qui vous donne envie de danser autour du poteau mitan, d'invoquer tous les saints, de jouer du tam-tam, de secouer les maracas, d'entrer dans la transe. Sa réponse fait accélérer les battements de mon cœur. J'ai une bombe dans la poitrine. Je vais faire péter tout l'immeuble ! Je regarde partout… Je m'aperçois dans les vitres sales de l'arrière-cour, ébouriffée et enfiévrée. Bon, j'y vais. Je vais finir par m'attirer les foudres de Gabriel. Et Bella dit, comme elle dirait « Le temps est en train de changer, je me demandais pourquoi j'avais mal aux genoux… » :

« Voilà la nouvelle locataire… du troisième, celle qui a pris l'appartement de Yaël… »

Je regarde dans la direction du coup de menton de Bella et je n'en crois pas mes yeux. Alex ?! Alex, la stagiaire, celle qui, au dire de Gabriel rend visite à Louise au minimum deux fois par semaine dans le centre de rééducation fonctionnelle de la police où tous les moyens sont mis en œuvre pour obtenir au moins un tressaillement des muscles de ses jambes. Alex ne semble pas étonnée de me voir ; elle me fait un léger signe de la main avant de piquer une olive, de l'introduire entre ses lèvres et de la garder un instant dans l'étau de ses incisives.

Source des mots et expressions haïtiens

Compère Général Soleil, Jacques Stephen Alexis, Éditions Gallimard, coll. « L'Imaginaire », janvier 1982.

Chanson : « Ça pique », même source.

Merci à Betty Mialet, l'éditrice qui n'abandonne pas les vilains petits canards.

Merci à Vanessa Springora qui n'hésite pas à leur voler dans les plumes.

Merci à Murielle Magellan qui saura pourquoi.

Composition réalisée
par Rosa Beaumont

MIXTE
Papier issu de
sources responsables
FSC® C003309

L'Éditeur de cet ouvrage s'engage
pour la préservation de l'environnement
et utilise du papier issu de forêts gérées de manière responsable.

Imprimé en France par CPI
en septembre 2019

N° d'édition : 59319/01
N° d'impression : 153665